btb

Aus Freude am Lesen

Als die Pariserin Claire in ihre neue Wohnung zieht, stellt sie mit Entzücken fest, dass sie durch den Innenhof all ihren Nachbarn in die Wohnung blicken kann. Für die exzentrische und chronisch gelangweilte junge Frau – die sich ihre Freizeit sonst mit dem Auflisten seltener Krankheiten oder therapeutischem Sex mit ihrem Osteopathen vertreibt – ist es eine willkommene Abwechslung, ihre Nachbarn auszuspionieren. Bald kennt sie all ihre Geheimnisse, wie die antik anmutende Pistole, mit der die Concierge Madame Courtois auf der Jagd nach vermeintlichen Einbrechern durchs Haus schleicht. Doch dann zieht gegenüber der geheimnisvolle Japaner Monsieur Ishida ein, dessen Verhalten Claire Rätsel aufgibt und sie gleichzeitig fasziniert …

SOPHIE BASSIGNAC, aufgewachsen in Angers im Westen Frankreichs, lebt heute in Paris. Ihr bereits erschienener Roman *Vielleicht ist es Liebe* wurde in Frankreich von der Kritik begeistert aufgenommen und in viele Sprachen übersetzt.

SOPHIE BASSIGNAC BEI BTB
Vielleicht ist es Liebe. Roman (74187)

Sophie Bassignac

Die gepflegten Neurosen der Mademoiselle Claire

Roman

Aus dem Französischen
von Michael von Killisch-Horn

btb

Die französische Originalausgabe erschien 2008 unter dem Titel
Les aquariums lumineux bei Éditions Denoël, Paris.

MIX
Papier aus verantwortungsvollen Quellen
FSC® C083411
FSC
www.fsc.org

Verlagsgruppe Random House FSC® N001967
Das für dieses Buch verwendete FSC®-zertifizierte
Papier *Lux Cream* liefert Stora Enso, Finnland.

1. Auflage
Deutsche Erstveröffentlichung Juli 2014

Umschlaggestaltung: © semper smile, München
Umschlagmotiv: © Getty Images/Peter Phipp,
Getty Images/Kathrin Ziegler, Getty Images/Michael Mohr
Satz: Uhl + Massopust, Aalen
Druck und Bindung: CPI – Clausen & Bosse, Leck
MI · Herstellung: sc
Printed in Germany
ISBN 978-3-442-74209-7

www.btb-verlag.de
www.facebook.com/btbverlag
Besuchen Sie unseren LiteraturBlog www.transatlantik.de

Für die sehr ehrenwerten Pierre,
Juliette und Pauline

1

Der Hof des Wohnhauses glich dem Hitchcocks, doch Claire war nicht Grace Kelly. Seit vier Jahren wohnte sie nun schon in diesem alten Viertel von Paris, in dem sie sicher nicht zufällig gelandet war, und sie konnte sich nicht mehr vorstellen, woanders zu leben. Dieser Hof war eine fünfstöckige viereckige Schachtel mit gepflastertem Boden. In seiner Mitte verbarg die von hohen Grünpflanzen umgebene Statue eines jungen Epheben mit Füllhorn die Mülleimer. Die Eigentümer residierten in zwanzig Wohnungen, während in den Mansardenwohnungen ein ständiges Kommen und Gehen herrschte. Eine subtile Hierarchie auf Grundlage der Tausendstelanteile erinnerte auf der jährlichen Eigentümerversammlung daran, dass, auch wenn die Wahl demokratisch blieb, die Forderungen eines jeden die Quadratmeterzahl besser nicht überstiegen. Im Winter herrschte hier himmlische Ruhe. An schönen Tagen wurden die Fenster geöffnet, und das Leben der Gemeinschaft ergoss sich ungefiltert in den Hof.

»Du machst eine Dummheit«, hatte ihr Vater leise geäußert, als er, die Hände in den Taschen, die Wohnung im zweiten Stock besichtigt hatte, die hell war, obwohl sie sowohl nach Süden wie nach Norden lag. Da sie den Einfluss kannte, den dieser Mann auf sie hatte, und fest entschlossen war, diese Dreizimmerwohnung zu kaufen, hatte Claire wohlweislich keine Erklärung von ihm verlangt. Sie hatte alle Wände von einem alten ungarischen Künstler, den sie über eine Anzeige gefunden hatte, gelb streichen lassen. Ein paar Monate später war sie sehr verwirrt gewesen, als sie von seinem Tod erfahren hatte, und hatte sich wieder an diesen sympathischen Mann erinnert, der leicht spöttisch zu ihr gesagt hatte: »Wenn Sie dieses Kanariengelb einmal überhaben, streiche ich Ihnen alles in Blau oder Grün, ganz wie Sie wollen.« Sie hatte an die Wohnungen gedacht, die hinter ihr lagen. Was wird aus all dem, was wir tun, nach unserem Tod?, hatte sie sich damals gefragt. Tu nichts, und du wirst nicht sterben. Lass keine Spuren zurück. Diese sehr geheimen Gedanken hatten sie allerdings nicht getröstet.

»Wirst du diesen Ort ertragen?«, hatte ihre Mutter gefragt, aus dem Fenster gebeugt.

Claire hatte ihr wohlweislich verschwiegen, dass dieser Hof perfekt ihrer Vorstellung von geschlossenen Orten entsprach. Sie fügte ihn der bereits langen Liste der Gegenstände und Phobien hinzu, die sie faszinierten und zugleich erstickten. Da waren die Sulfide, die sie gerne in größerer Zahl gesammelt hätte, wenn sie die Mittel dazu gehabt hätte, und da waren die Kaleidoskope und die Plastikkugeln mit künstlichem Schnee. Diese türmten sich in vier Kartons im Keller und verloren allmählich ihr gelbliches Wasser. Und was die Phobien betraf, so pflegte sie ihre panische Angst vor dem Ertrinken, vor Tunneln, Höhlen, unterirdischen Gängen und Geisterzügen und erstickte regelmäßig nachts im Traum. Ihrer Meinung nach erklärten diese Störungen sich durch eine schwierige Geburt, einen langwierigen Austritt aus dem Mutterleib. Das Einfachste wäre gewesen, ihre Mutter zu fragen, aber sie hütete sich, dieses gefühlsmäßig hochbelastete Thema anzusprechen, und ließ die Sache daher auf sich beruhen.

Eines Morgens zog beinahe unbemerkt Monsieur Ishida ein. Innerhalb einer Stunde hatten zwei geräuschlose Möbelpacker zwanzig identische Kartons und ein paar neue Möbel in seine Wohnung hinaufgebracht. Am selben Abend beobachtete Claire, wie ihr japanischer Nachbar in seinem Wohnzimmer Tee trank, als hätte er immer schon hier gelebt. Sie fühlte sich sofort von diesem lächelnden und zuvorkommenden Mann angezogen. Sehr rasch und stillschweigend wurde er von den Eigentümern, die Fremden gegenüber gewöhnlich sehr misstrauisch waren, aufgenommen. Er sprach ausgezeichnet Französisch, kleidete sich elegant, hatte feste Bürozeiten, war manchmal für ein paar Tage, nie länger, abwesend und hatte die *Herald Tribune* abonniert. Drei Wochen nach seinem Einzug verblüffte er Claire mit einer Einladung zum Tee. Es geschah eines Morgens in der Toreinfahrt. Sie legte sich eine Hypothese zurecht, die sie sich schließlich einredete: Er wollte seine Nachbarin kennenlernen, um gar nicht erst den Verdacht des Voyeurismus zwischen ihnen aufkommen zu lassen, da ihre Wohnungen sich im Hof gegenüberlagen.

Außerdem kannte Claire ihre Neigung, alles verdächtig zu finden, was sie nicht selbst beschlossen hatte.

Die junge Frau freute sich über die immer häufigeren Einladungen. Ishida wunderte sich, wie sehr sie diese Momente höflicher Konversation genoss, ohne je ein Zeichen von Überdruss erkennen zu lassen. Er nahm Claires Schrulligkeiten zur Kenntnis und enthielt sich jedes Urteils. Als echte Mystikerin des Alltags, die sich durch eine gewissenhafte Wiederholung derselben Gesten über Wasser hielt, schien sie das Teezeremoniell ihres Nachbarn als eine Art religiöser Erfahrung zu erleben. Zunächst amüsierte er sich darüber, ärgerte sich dann, gewöhnte sich daran und fand schließlich ebenfalls ein eigenartiges Vergnügen an dieser unerwarteten Beziehung. Er hätte nicht gedacht, dass diese formelle Einladung sich in eine Gewohnheit verwandeln würde.

An jenem Tag hatte Monsieur Ishida einen außergewöhnlichen grünen Tee aus Japan erhalten. Getrennt durch einen niedrigen Tisch, im Schneidersitz auf kleinen Seidenkissen einander gegenübersitzend, tranken sie schweigend die fluoreszierende Flüssigkeit. Claire blätterte in einer Zeitschrift für Fotografie. Sie trug ihr rotes Haar sehr kurz. Ihr Gastgeber, der das glatte, seidenweiche schwarze Haar der Japanerinnen gewohnt war, versuchte sich das Gefühl dieser harten Büschel zwischen seinen Fingern vorzustellen. Als er ihr das erste Mal vor den Briefkästen begegnet war, hatte er sich an die Bemerkung eines französischen

Romanciers erinnert, den er im Flugzeug kennengelernt hatte. »In Frankreich sind die Rothaarigen die größte Phantasie der Schriftsteller«, hatte der Mann ihm gesagt. Am Flughafen hatte ihn eine große Brünette erwartet.

Claire blätterte konzentriert die Seiten der Zeitschrift um. Ishida war ihr dankbar dafür, dass sie endlich so weit war, einfach nur dazusitzen, ohne etwas zu sagen. Hatte sie begriffen, dass es nichts Japanischeres zwischen ihnen gab als das Schweigen? Vorher hatte er zahlreiche Fragen über sein Land beantworten müssen, Fragen, die immer präziser wurden, über den Schnee in der japanischen Literatur, den Selbstmord aus Liebe, den Shinto, die Züge, die japanische Zeder, Ibuse, Dazai und die Fließende Welt. Ihre Neugier schien keine Grenzen zu kennen, und Ishido war überrascht, wie viele Bücher sie über Japan gelesen hatte. Es gab Fragen, die er nicht beantworten konnte, und er empfahl ihr Autoren, die er in seiner Jugend gelesen, dann jedoch vollkommen vergessen hatte, abgesehen von der Begeisterung, mit der er sie damals entdeckt hatte. Aber seine Wissenslücken hatten keine Konsequenzen. Seine Nachbarin folgte einem vorgefertigten romantischen Schema, von dem sie nicht abwich. Und so hatte er keine Bedenken, ihr Woche für Woche dieses Japan zu bieten, von dem sie träumte, so wie man geduldig eine komplizierte und absurde Miniatur erschafft. Er erinnerte sich an eine Anekdote des portugiesischen Dichters Pessoa, dessen verschiedene Identitäten ihm als junger Mann so sehr gefallen hatten. Der Schriftsteller sprach an einer

Stelle von mit japanischen Motiven geschmückten Porzellantassen, aus denen er den Tee trank. Eines Tages stellte man ihm einen bedeutenden japanischen Gelehrten vor, der auf der Durchreise in Lissabon war. Dieser erzählte ihm von seinem Land auf eine Weise, die Pessoa so sehr enttäuschte, dass er beschloss, die Worte des Japaners zu ignorieren, sich wieder der Betrachtung seiner Tassen zuzuwenden, die eine Quelle unendlicher Inspiration für ihn waren, und sich daran zu halten. Dennoch wartete Ishida auf den Moment, da Claire von diesem eiskalten Schauer durchzuckt würde, der wie ein Tropfen kaltes Wasser, der den Rücken hinabläuft, letzten Endes jeden Abendländer lähmt, der mit Japan in Berührung kommt.

An manchen Abenden kam er nach ein paar Gläsern Wein auf seine Kindheit zu sprechen. Er erzählte ihr von dem Kinkaku-ji-Tempel, den er als Jugendlicher an einem strahlenden Morgen im Schnee entdeckt hatte.

»Der Schnee hatte die Bäume und die Dächer mit einer dünnen Schicht gefrorenen Zuckers überzogen …«, sagte er.

Dann brach er in Gelächter aus. Verunsichert durch diesen Freudenausbruch, der fast all seine Sätze begleitete, von dieser subtilen Tyrannei, die die Ernsthaftigkeit ihrer Recherche in Frage stellte, vertiefte Claire sich daraufhin, als wollte sie sich rächen, in die Betrachtung eines imaginären Tempels und in andere exotische Bilder, die nur ihr gehörten.

Nach und nach begann Claires Leben in einer weiten

konzentrischen und zwanghaften Bewegung um dieses Land zu kreisen, das sie ihrer Liste der geschlossenen Orte hinzufügen konnte: Japan, diese faszinierende Insel, hatte jahrhundertelang jedes Eindringen von Fremden in seine perfekte Welt verboten und sich damit gegen die Gifte des Abendlandes wie die christliche Religion, die Stühle, die Aufrichtigkeit oder die Logik geschützt. Sie stellte sich das damalige Japan als einen verschneiten Garten vor, den noch niemand betreten hatte. Sie reichte ihm die Zeitschrift. Auf einer Doppelseite waren Fotos von Männern und Frauen abgebildet, die schlafend in der U-Bahn von Tokio saßen.

»Schauen Sie«, sagte sie, »sie schlafen, aber sie haben alle, bevor sie die Augen schlossen, darauf geachtet, ihre Besitztümer zu umklammern. Wir klemmen unsere Aktentaschen zwischen unsere Beine, wir stecken die Hände durch die Griffe unserer Handtaschen. Wir können uns nicht gehen lassen. Weil es immer etwas zu verlieren gibt, wenn jemand anderer in der Nähe ist, finden Sie nicht?«

Das Klingeln des Telefons unterbrach zur rechten Zeit diese Unterhaltung, deren zu erwartende Spitzfindigkeiten Ishida fürchtete. Er erhob sich mit einer Gelenkigkeit, die Claire den morgendlichen Übungen zuschrieb, bei denen sie ihn von ihrer Wohnung aus beobachtete. Er drehte ihr den Rücken zu und begann Japanisch zu sprechen. Sie fühlte sich merkwürdig unbehaglich an diesem Abend, als hätte der herbe und starke Tee ihr vertrautes Beisammensein vergiftet. Irgendetwas lief falsch, ohne dass sie wusste, was. Vielleicht der Beginn einer Phobie, ein Anfall von Paranoia, die Vorahnung eines Scheiterns, eine schleichende Traurigkeit … Sie vertrieb die Dämonen mit einem Blinzeln und ließ ihren Blick über Ishidas Rücken wandern. Er war ein Mann, und sie wusste nichts von seinem Sexualleben. Sie erinnerte sich, dass sie als junges Mädchen einen Freund gehabt hatte, der aus Kamerun kam. In panischer Angst hatte sie im letzten Moment davor zurückgeschreckt, mit ihm zu schlafen, und sich für eine Rassistin gehalten. Er war sehr nett gewesen, als sei er diese Vorbehalte gewohnt. Doch in ihrer Erinnerung hatte diese Episode keinen glücklichen Ausgang gefunden und ein Gefühl der Scham hinterlassen angesichts ihrer Unfähigkeit, gewisse Grenzen zu überschreiten. Der Körper des Japaners war beunruhigend, muskulös und gedrungen. Er war nicht schön, doch die Kraft, die er ausstrahlte, lähmte Claire in einer angenehmen Bestürzung. Ishidas Bewegungen und Gesten ähnelten seinen Sätzen. Sie hörten genau in dem Augenblick auf, wo sie keinen praktischen Nutzen mehr hatten. Sein Körper erstarrte dann ganz einfach in einer überwältigenden Anmut.

Er beendete das Gespräch und setzte sich wieder mit sorgenvollem Gesichtsausdruck.

»Irgendetwas nicht in Ordnung?«, fragte Claire.

Ishida schüttelte den Kopf und deutete ein Lächeln an.

»Haben Sie zurzeit viel zu tun?«, fuhr sie fort.

Auf die Frage »Was machen Sie im Leben?« hatte er bei ihrer ersten Verabredung erklärt, er sei Attaché der japanischen Botschaft und seine Versetzung nach Paris habe ihn unendlich glücklich gemacht, weil er Frankreich sehr liebe.

»Letzten Dienstag sind Sie nicht nach Hause gekommen«, fügte sie ganz nebenbei hinzu.

Ishida war nicht überrascht. Er kannte diese Überwachung. Schon so manches Mal hatte er Claires Silhouette in der Dunkelheit ihrer Wohnung wahrgenommen, versteckt, reglos, hinter dem Vorhang ihres Schlafzimmers, in dem Glauben, unsichtbar zu sein.

»Wir organisieren eine Ausstellung über japanische Architektur in Toulouse. Ich musste zur Eröffnung hinfahren.«

Claire spürte, dass Ishida seit dem Anruf, den er erhalten hatte, nicht mehr derselbe war. Er war woanders. Einen Augenblick sahen sie sich stumm an, ohne sich zu sehen. Als Ishida sich anschickte, ihr Tee nachzuschenken, erhob sich Claire mit einem Satz.

»Oh! Schauen Sie! Schauen Sie! Gegenüber! Jetzt ist es passiert!«, rief sie.

Halb wütend, halb triumphierend deutete sie mit dem Finger in Richtung Hof, wo sich eine angekündigte Katastrophe vor ihren Augen abspielte. Hinter einem Fenster war soeben Licht gemacht worden. Die Wohnung über ihrer war seit ihrem Einzug unbewohnt gewesen, und sie hatte immer gewusst, dass dieser paradiesische Zustand nicht ewig dauern würde. Das Ereignis war von einschneidender Bedeutung für Claire, und Ishida wusste, dass seine Nachbarin unter einer geradezu krankhaften Angst vor Lärm litt. Neben ihr stehend, beobachtete er ebenfalls, was da im Hof vor sich ging. Ein Mann öffnete das Fenster, ging auf den Balkon hinaus und ließ seinen Blick über die Fassaden wandern. Auf dem Wohnzimmer des Japaners schien er etwas länger zu verweilen. Claire und Ishida wandten sofort die Köpfe ab und traten ins Zimmer zurück.

»Das war einfach zu schön!«, seufzte Claire und setzte sich schwerfällig hin, wie ein geschlagener Soldat.

Sie blickte sich in dem ruhigen und hellen Raum um und dachte wehmütig an die so angenehme Normalität der vergangenen und aufgehobenen Minuten zurück. Sie war es müde, wieder einmal unfähig zu sein, die Realität ihrer Eskapaden zu ertragen. Mit geladenem Blick einen Punkt über Ishidas Kopf fixierend, fuhr Claire mit schriller Stimme, rasch, leicht außer sich, fort:

»Wo kommt der Typ her? Glauben Sie, dass er allein ist? Ich hoffe nur, dass er nicht mit Frau und einem ganzen Schwarm Kindern einzieht. Sollte es so sein, bleibt mir nichts anderes übrig, als auszuziehen. Ich versteh das nicht, normalerweise weiß die Concierge doch, wenn jemand neu einzieht. Aber diesmal … nichts.«

Claire verstummte jäh, atmete tief durch und versuchte sich zu beruhigen. Während sie mit geschlossenen Augen überlegte, wie sie ihre persönliche Katastrophe überleben könnte, verlor Ishida sich in der Betrachtung des hellen Fensters. Müdigkeit hatte ihn plötzlich überfallen, als der

Mann sich gezeigt hatte, als kehre ein alter Schmerz zurück, den der Körper vergessen geglaubt hatte. Claire öffnete die Augen, und der harte Blick ihres Nachbarn ließ sie erschauern. Ishida fasste sich wieder und sagte freundlich lächelnd:

»Haben Sie versucht …?«

Claire konnte sich nur mit Mühe beherrschen und ließ ihn nicht ausreden. Ishida erkannte am Zucken ihres Mundes diesen typisch abendländischen Wahnsinn, diese fortschreitende Zerrüttung, die einem Nervenzusammenbruch vorausgeht.

»Ich habe alles versucht«, erwiderte sie, hochgradig angespannt. Sie zählte an ihren Fingern ab: »Die Atemübungen, die Sie mir gezeigt haben, die Bewegungen meines Osteopathen, die Yogastellungen. Es funktioniert alles nicht, nichts beruhigt mich … Es ist einfach so. Ich ertrage keinen Lärm, das ist alles. Und ich bin sicher, dass ich recht habe. Die Stille ist wunderbar. Sie ist gnadenlos, das ist richtig, aber sie gibt zurück, was sie nimmt. Und sie gibt es verwandelt zurück …«

Claire hustete. Ihre Worte machten ihr Angst. Wie hypnotisiert drehte sie den Kopf zu dem erleuchteten Fenster, träumend, dass sie geträumt hatte. Doch nein, die Realität war noch immer nicht verhandelbar, die Wohnung war tatsächlich bewohnt. Ishida stand auf und verschwand mit der Teekanne in der Küche.

Claire spürte, dass eine Unruhe sie überfiel, die alles andere ausschloss. Die Perspektive des Lärms, sein Eindringen in ihr Leben durch die Mauern und Fußböden hindurch, spannte ihren Kopf in einen schmerzhaften metallenen Schraubstock.

»Machen Sie keinen neuen Tee, ich gehe«, rief Claire, »ich habe Kopfschmerzen.«

Sie musste sofort überprüfen, ob sie etwas hörte. Ishida begleitete sie zur Tür. Sie verabschiedeten sich auf Japanisch, nur eine Verneigung, was Claire liebte. Der Kopf neigte sich in einer zufälligen Symmetrie, einem persönlichen Rhythmus, der nicht zwangsläufig dem des anderen entsprach, was der Bewegung etwas Anarchisches verlieh, das sie sehr amüsierte. Sie dachte, dass diese Art des Grüßens, die jeden körperlichen Kontakt ausschloss, dennoch von einer unendlichen Großzügigkeit geprägt war, einer Art, sich selbst zu schenken, die keine Entsprechung im Abendland hatte, wo man katzbuckelte, um sich zu erniedrigen. Sie verschwand in der Dunkelheit des Treppenhauses.

»Gute Nacht!«, rief sie zwischen zwei Etagen.

Ishida blieb in der Tür stehen, mit leerem Blick, hypnotisiert vom Hin- und Herschwingen des Schlüsselbunds im Schloss. Er dachte, dass er den Umgang mit ihr abbrechen sollte, dass er sie nicht mit hineinziehen durfte, dass es für sie beide gefährlich war.

Mit dem Rücken auf der Daunendecke ihres Doppelbettes liegend, glich Claire Eleonore von Aquitanien, der erhabenen »im Tode Ruhenden«, steif und starr in ihrem hölzernen Kleid. Die weit geöffneten Augen der Decke zugewandt, vollkommen reglos, lauschte sie auf die Geräusche der Umgebung, ebenso angespannt wie der Hase und sein Jäger in der Stille des Waldes. Als sie nach langen Minuten einzuschlafen begann, hörte sie Schritte über ihrem Kopf. Ihr Magen krampfte sich zusammen, wie von einer Hand umschlossen. In weiter Ferne vernahm sie das Klingeln eines Handys, Schritte, eine gedämpfte Stimme, dann nichts mehr. Ein alleinlebender Mann, dachte sie. Wann waren seine Möbel geliefert worden? Mysteriös. Ich bin doch den ganzen Tag da gewesen, ich habe niemanden gesehen, rekapitulierte sie, aufs Äußerste irritiert. Sie legte die Hände flach auf ihren Bauch um den Nabel und begann tief ein- und auszuatmen. Die dynamische und singende Stimme ihres Osteopathen Christian Dietrich leitete sie aus der Ferne an: »Langes Einatmen in den Brustkorb, Ausatmen auf Höhe der Bauchmuskeln, ganz langsam. Das Ausatmen ist länger als das Einatmen, wie ein Ballon, aus dem ganz langsam die Luft entweicht.« Dietrich hatte große Mühe, ihr seine Bilder verständlich zu machen, den Ballon, die Luft, die durch den Körper wandert, vom Schädel bis zu den Zehen, und diese rätselhafte »Stille der Organe«, von der er häufig sprach. Nach und nach beruhigte sie sich, den Kopf voller Luft, und überließ ihre Angst einem unruhigen Schlaf voller Bilder.

2

Jeden Morgen ging Claire hinunter, um ihre Zeitung aus dem Briefkasten zu holen, setzte sich mit einer vollen Teekanne in die Küche und las die Nachrichten, wobei sie immer mit der letzten Seite begann, Kultur. Nachdem sie die Sportseiten übersprungen hatte, verweilte sie lange auf den Seiten, die mit der Bezeichnung »Gesundheit« ihren schlimmsten Befürchtungen Nahrung gaben. Sie hatte nicht die Kraft, sich diese zusätzlichen Quellen der Beunruhigung zu verbieten, und las mit entsetzter Wollust die niederschmetternden Nachrichten über den Planeten und den menschlichen Körper. Schließlich beendete sie ihre Lektüre auf der ersten Seite, die sie häufig ausließ. Die Politik brachte sie immer mehr auf die Palme. Überzeugt, für alle Zeiten von der Meinung ihrer Eltern beeinflusst zu sein, langweilte sie der Lauf der Welt. Das gilt für die Politik wie für die Religion, dachte sie. Ob man einverstanden oder nicht einverstanden ist, ist eine Familienangelegenheit. Sie hatte die Sache so geregelt, dass sie seit ihrer Volljährigkeit links wählte, so wie man an Ostern und Weihnachten in die Kirche geht.

Gerade hatte sie das Porträt eines Schauspielers gelesen, und ein Satz hatte sie verblüfft. Der Mann sagte, er habe sich, soweit er sich zurückerinnern könne, immer gelangweilt. Die Langeweile könne ihn immer und überall überfallen. Claire bewunderte seine Offenheit. Sie hatte häufig festgestellt, dass die Langeweile als ein Makel betrachtet wurde, dessen man sich schämen sollte und über den man besser nicht sprach. Da sie selbst eine notorisch Gelangweilte war, war es für sie eine Ehrensache, es nicht zu verbergen. Doch wenn die Rede darauf kam, erwiderte man ihr stets leidenschaftlich und überzeugt: »Ich persönlich habe mich niemals gelangweilt, mein Gott, nein! Ich habe immer etwas zu tun gefunden!« Daraufhin hatte sie das Thema gewechselt. Im Pyjama in ihrer Küche sitzend, betrachtete sie das schöne Gesicht des alternden Schauspielers, der mit seinen blauen Augen traurig in die Kamera blickte. Ein sehr sanfter Luftzug, der nach Kaffee duftete, drang durch das gekippte Fenster in ihre kleine gelbe Küche. Alle Küchen des Wohnhauses gingen auf einen kleinen Innenhof hinaus. An schönen Tagen ließen die Geräusche des Kochens, klappernden Bestecks, pfeifender Schnellkochtöpfe und unendlich mannigfaltige Düfte Claire glauben, sie befinde sich in Italien, so wie sie es sich vorstellte.

Laute Stimmen zerstörten die Beschaulichkeit ihres morgendlichen Rituals. Sie stand auf, um das Fenster zu schließen, so wie man an einem öffentlichen Ort den Blick von einem weinenden Unbekannten abwendet. Doch die Neugier siegte über das Feingefühl, und sie setzte sich wieder, die Ohren gespitzt. Sie kannte sie gut, die Protagonisten des schlechten Stückes, das an diesem Morgen aufgeführt werden würde.

Es handelte sich um Louise und Antoine Bluard, das Paar, das in der Wohnung unter ihr wohnte. Nach dem Klang seiner Stimme zu urteilen, die chaotisch zwischen hysterischer Höhe und schmerzerfüllter Tiefe wechselte, war Antoine völlig verzweifelt. Claire empfand keinerlei Sympathie für diesen kleinen, mageren Typen mit Glatze. Auf ihrer persönlichen Skala gehörte er zu denen, »die einen Kopf haben, der von den Füßen her stinkt«. Während die anderen als Kinder Schlüsselanhänger, Pferdebilder oder die Gimmicks der Comiczeitschrift *Pif* gesammelt hatten, hatte Claire die Ticks und Gewohnheiten der Menschen ihrer Umgebung gesammelt. Sobald zwei Personen ein typisches Merkmal gemeinsam hatten, hatte sie eine neue Sammlung begonnen. Als Erwachsene benutzte sie noch immer die gleichen Codes. Es war möglich, auf mehreren Listen zu erscheinen. So tauchte ihr Nachbar beispielsweise in zwei weiteren Kategorien auf: »Diejenigen, die die Leute beim Vornamen nennen, wenn sie sie begrüßen«, und »Diejenigen, die die Wohnungstüren zuschlagen.« Übrigens teilte Antoine Bluard sich die Negativliste »derer, die von den Füßen her stinken« mit einem englischen Sänger, Superstar der Achtziger, und einem Comicautor, dem sie manchmal in den Gängen ihres Verlags begegnete.

Sie zog Louise ihrem Mann vor. Ihre Nachbarin, eine blonde Vierzigjährige, die immer teures Parfum benutzte, hatte eine entfernte Ähnlichkeit mit Delphine Seyrig. Claire, die die Händler manchmal nach einem zu kurzen Blick mit »Bonjour monsieur« begrüßten, liebte die affektierten Frauen. Die gewöhnlichen dagegen lehnte sie von vornherein ab. Sie empfand eine lebhafte Sympathie für die gezierten Schauspielerinnen, die niemals natürlich waren und alle nervös werden ließen. Sie mochte es, wenn Frauen sich inszenierten, beneidete sie jedoch nicht um ihre Weiblichkeit, da ihre Vorbilder ausschließlich männlich waren.

»Das reicht, Louise, das reicht!«, schrie Antoine. »Ich habe dein ewiges Theater satt. Erzähl mir nicht, dass du überlastet bist. Ich erinnere dich, dass auch ich arbeite. Und das hindert mich nicht daran, mich um Lucie zu kümmern.«

Schweigen. Claire hielt den Atem an. Vielleicht waren sie in ein anderes Zimmer gegangen? Doch dann ertönte Louises böse, zischende Stimme im Hof. Claire sah, wie sich gegenüber der Schatten von Madame Chevallier an der Wand ihrer blauen Küche bewegte. Wie viele waren es, die an diesem Morgen dem Streit der Bluards zuhörten?

»Ich frage mich, warum du eigentlich heiraten wolltest«, fuhr Antoine fort. »Warum hattest du es so eilig, ein Kind zu bekommen? Warum? Wolltest du sicher sein, für die nächsten zwanzig Jahre eine Bewunderin zu deiner Verfügung zu haben? Ist es das? Um nicht allein zu sein, wenn du alt und verkalkt bist? Um sie auf die Farbe deiner Kleidung abzustimmen?« Ihr Nachbar lachte hämisch, widerlich. »Ja, vielleicht ist es genau das. Sie soll dich zur Geltung bringen.« Er machte eine Pause, Grabesstille herrschte im Hof. »Das Traurigste an der ganzen Sache ist, dass sie dich trotzdem liebt«, fügte er ziemlich verzweifelt hinzu.

Claire, die in der Nähe des Fensters saß, fand Antoine heute Morgen eher sympathisch. Stichhaltig und überzeugend, wie sie zugeben musste. Er entwickelte sich durchaus positiv im Laufe der Zeit. Vorsichtig machte sie das Fenster weit auf, um Antoine, dessen Stimme fast erloschen war, besser hören zu können.

»Eines Abends habe ich dich gesehen … Du warst auf der anderen Straßenseite. Du hast im Auto gesessen. Ich hab mich gefragt, was los ist. Du hast dich nicht gerührt, du hast geraucht. Und da hab ich begriffen, ich habe begriffen, dass du zum Fenster von Lucies Zimmer hinaufgeblickt hast. Du hast gewartet, bis die Babysitterin das Licht ausmacht, um nach Hause zu kommen, weil du deine Tochter nicht sehen wolltest. Weißt du, was du bist, Louise? Du bist ein richtiges Miststück!«

Der Schatten von Madame Chevallier hatte sich bewegt. Die Stimme von Monsieur Météo drang leise aus ihrem Radio in den Hof. Die schüchterne Nachbarin machte das Paar im ersten Stock darauf aufmerksam, dass sie sie hörte und nicht die Absicht hatte, auf die frische Morgenluft zu verzichten. Sollten sie doch in ein anderes Zimmer gehen oder ihr Fenster schließen. Dennoch übertönte Louises herrische Stimme schon bald die des Wetteransagers.

»Das ist alles deine Schuld, und das weißt du sehr gut. Du hast mir meine Tochter weggenommen. DU bist ihre Mutter.« Und nach einer Pause fügte sie theatralisch hinzu: »Ein Vater kommt spät nach Hause.«

Claire lächelte. Sie übertreibt, dachte sie und stellte sich ihre Nachbarin vor, mit offenem Haar, in ihrem Negligé, das die Farbe sonnengebräunter Haut hatte, und mit einer Zigarette, die zwischen ihren langen, schmalen manikürten Fingern langsam verglomm. Gelangweilt von diesem traurigen Zirkus und seinen falschen Zauberkünstlern, deprimiert von ihrer armseligen Nummer, schloss Claire geräuschvoll das Fenster und wandte sich wieder ihren Angelegenheiten zu.

Seit sie aufgewacht war, hatte sie ein merkwürdiges Gefühl. Sie träumte immer häufiger von Ishida. In der vergangenen Nacht hatte er Kurven, gebrochene Linien, auf die Wände seines Wohnzimmers gezeichnet. Er hatte sie sehr schnell mit großer Leichtigkeit gezeichnet. Sie hatte ihm von ihrem Balkon aus zugeschaut, und er hatte sich regelmäßig umgedreht, sie angelächelt und ihr gewunken. Sie hatte das sehr lustig gefunden und ihm applaudiert. Je mehr die Wände sich mit Zeichnungen bedeckt hatten, umso mehr hatte sie gelacht. An den Rest erinnerte sie sich nicht mehr. Sie nahm ihr Telefon und wählte die Nummer der Auskunft.

»Ja, guten Tag. Ich hätte gern die Nummer des Office du Tourisme in Toulouse, bitte.« Eine Stimme vom Band fragte sie, ob sie verbunden werden wolle. »Ja, verbinden

Sie mich. Danke. Auf Wiedersehen«, sagte sie zum Band; für sie war es eine Ehrensache, mit den Maschinen ebenso wie mit den Menschen zu sprechen.

Nachdem es ein paar Mal geklingelt hatte, meldete sich eine Stimme:

»Office du Tourisme de Toulouse, Hélène, guten Tag.«

»Hallo, ja, guten Tag. Ich würde mich gern über eine Ausstellung informieren. Ich weiß nicht, wo sie stattfindet. Es handelt sich um eine Ausstellung über japanische Architektur.«

Nach kurzem Warten mit Barockmusik informierte die Hostess Claire, dass diese Ausstellung in den Räumen des Rathauses stattfinde.

»Noch etwas«, hakte Claire nach. »Sie ist doch am Dienstag eröffnet worden?«

Die Hostess korrigierte sie. »Nein, Madame, sie ist letzten Monat eröffnet worden.«

Claire beendete das Gespräch und wählte sofort eine andere Nummer.

»Praxis Dr. Béraud, guten Tag.«

»Hallo, Claire Brincourt. Kann ich heute Vormittag einen Termin bei Monica bekommen?«

Die Sprechstundenhilfe schien zu zögern. Claire hörte sie in einem Terminkalender blättern. Es war immer das Gleiche. Sie testete die Dringlichkeit aus, gab aber dann angesichts Claires Entschlossenheit schließlich doch nach.

»Elf Uhr?«, schlug sie vor.

»Elf Uhr, okay. Bis nachher.«

Claire legte das Telefon hin und räumte die Küche auf, wobei sie sich nicht ohne ein gewisses Entsetzen – es war ihr gerade wieder eingefallen – fragte, warum Ishida letzte Nacht in ihrem Traum splitterfasernackt gewesen war.

Claire schloss die Wohnungstür und fragte sich, ob ihr Nachbar zu Hause war. Seit gestern Abend hatte sie nicht das leiseste Geräusch von oben gehört. Entweder war der Mann ein Spätaufsteher, oder er war schon sehr früh zur Arbeit gegangen. Im Hof versenkte sie eine Mülltüte in einem der von Grünpflanzen verborgenen Container. Sie sah Antoine, Louise und die kleine Lucie die Tür zum Hof öffnen. Da sie wegen des Streits, dessen Zeugin sie geworden war, nicht gesehen werden wollte, versteckte sie sich hinter den Pflanzen.

Im selben Augenblick öffnete Paul Rossetti, der neue Mieter, sein Fenster und erschien auf dem Balkon, von wo aus er die gebückte junge Frau bemerkte, hinter einem Gummibaum neben den Müllcontainern, eine Schultasche zwischen den Beinen. Er sah ihr zu, wie sie ein Paar und ein kleines Mädchen beobachtete, die sich schweigend entfernten.

»Komm her!«, rief die unsichtbare Concierge einer großen schwarzweißen Katze zu. Das Tier rieb sich an den Waden von Claire, die ihr einen Fußtritt versetzte. Sie miaute einen Kraftausdruck und machte sich in aller Ruhe auf den Weg zur Loge. Claire wollte ihr Versteck verlassen, besann sich aber wieder, als der Japaner in den Hof trat.

Er öffnete seinen Briefkasten und holte einen kleinen Stapel Umschläge heraus, die er in seinen Aktenkoffer legte. Vom dritten Stock aus sah Rossetti, dass Claire wartete, bis der Mann in der Toreinfahrt verschwand, um sich endlich zu zeigen. Er hielt die junge Frau, die eine nicht ganz geglückte Doppelgängerin von Jean Seberg war, wohl für nicht ganz richtig im Kopf.

3

Claire nutzte Monicas Verspätung, um ein wenig zu arbeiten. Sie holte ein dickes Manuskript und einen Vierfarbkugelschreiber aus ihrer Aktentasche. Nach einem nicht sehr erfolgreichen Studium der angewandten Sprachen hatte eine Cousine ihr auf Bitten ihrer genervten Mutter eine Stelle als Englischübersetzerin in einem Pariser Verlag angeboten. Obwohl sie wiederum nicht gerade glänzte, fand man sich, nachdem ihre Mutter mit Hilfe der Cousine noch einmal Druck gemacht hatte, bereit, Claire zu behalten, die sich als recht gute Aufspürerin von Druckfehlern erwies. Nachdem sie eine Weile gelegentlich als Korrekturleserin gearbeitet hatte, bot man ihr eine Vollzeitstelle an, und so wurde sie schließlich eine der Stützen der Éditions Legrand. Sie mochte die Bücher, die sie Korrektur las, nicht. Sie mochte allgemein nicht, was publiziert wurde.

Eines Abends, als sie dem Sake allzu sehr zugesprochen hatten, hatte Claire versucht, Ishida zu erklären, warum sie so schlecht auf den französischen Roman zu sprechen war. Da der Alkohol ihre Schonungslosigkeit noch erheblich verstärkte, erwies sich der Reiswein als verhängnisvoll für die wenigen Nuancierungen, derer sie hinsichtlich dieses

Themas fähig war. Mit kannibalischem Lächeln sprach sie von den Familien, den Clubs, der Autofiktion und ihren Peripetien angesichts Inzest, Krankheit, Tod, verschwundener Kinder und anderer »Scherze«, die sie »verrückt machten«. Sie versuchte ihm die verheerenden Folgen des Erzählens im Präsens, eines ihrer Steckenpferde, zu erklären, das erlaube, »alles verfügbar zu machen« und ihrer Meinung nach jede beängstigende Fremdheit zu beseitigen, indem es eine »vulgäre Nähe« zwischen Autor, Leser und Personen herstelle. Sie räumte ihre Bewunderung für zwei, drei Autoren ein, einen besonders; »große Klasse, ein Bluffer«, fügte sie sogleich hinzu. Sie begegne ihm manchmal bei Cocktailempfängen, Preisverleihungen und schenke ihm ein Lächeln wie einem Freund, der unter Amnesie leide und sie nicht mehr erkennen könne.

»Haben Sie niemals versucht zu schreiben?«, hatte Ishida gefragt.

»Ich habe es versucht«, hatte sie lachend erwidert. »Es war so schlecht, dass ich es niemals gekauft hätte, selbst nicht als Taschenbuch für zwei Stunden im Zug!«

Eingesunken in ein sehr weiches schwarzes Ledersofa, erinnerte Claire sich an diese Unterhaltung mit Ishida, die ein wenig eigenartig geendet hatte. Am Ende des Abends hatte sie angefangen, Sprechweisen und Stimmen von Schriftstellern nachzuahmen, die sie kannte. Zu ihrer großen Überraschung hatte Ishida sich vor Lachen gebogen. Dann hatten sie in ihrem Suff alte Jazz-Klassiker gehört, die ihr Nachbar liebte, eine Musik, mit der sie sich nicht auskannte und die sie mit zwielichtigen Hurenbars und verräucherten Nachtclubs assoziierte, in denen ältere Herren Cocktails schlürften und sich anmachen ließen. Sie erinnerte sich an den Refrain eines Songs, den eine Frauenstimme grölte:

You're gonna love me like nobody's loved me
Come rain and come shine
Happy together and unhappy together …

Am nächsten Morgen hatte sie sich ein wenig geschämt, so eine Show abgezogen und zugelassen zu haben, dass ihr Nachbar ihr Gesicht und ihren Körper so lange betrachtet hatte, wie er wollte, während sie in seinem Wohnzimmer den Hanswurst gespielt hatte. Ein Berg von Arbeit hatte ihr zum Glück erlaubt, ihre Besuche für eine Weile seltener werden zu lassen. Jedenfalls bedeutete dieser Abend einen Wendepunkt in ihrer Beziehung, so wie man seine Jacke auszieht, um zu sagen, dass man etwas länger bleiben wird.

»Claire, jetzt zu uns beiden.«

Monica hatte die Tür geöffnet und ihren Blick durch das Wartezimmer wandern lassen, bevor sie ihn auf ihre Patientin legte. Es amüsierte sie, dass Claire sich immer auf denselben Platz setzte und ihre Aktentasche so neben sich stellte, dass niemand anderer neben ihr auf dem Sofa Platz nehmen konnte. So war sie eben, und Monica war fest überzeugt, dass Claire niemals von ihrer Angst kuriert werden könne, gesund zu werden. Sie kannte dieses Leiden und hatte sich stets geweigert, es nicht ernst zu nehmen.

Claire erkannte sofort, dass ihre Ärztin ihr wohlgesonnen war. Manchmal schickte sie sie nach fünf Minuten wieder fort, enttäuscht und mit leeren Händen, ohne Rezept und ohne Überweisungen, obwohl kein unfreundliches Wort zwischen ihnen gefallen war. An diesen Tagen gab sie Claire lediglich mit einem Anflug von Gleichgültigkeit zu verstehen, dass sie besser nicht gekommen wäre.

Monica war eine schöne fünfzigjährige Frau, blond, groß, nicht geliftet, mit Pranken statt Händen. Mit ihren hohen, leicht slawischen Backenknochen, ihrem großen schmallippigen Mund, Phantasieschmuck von zweifelhaftem Geschmack und bunten Kostümen, die man nur mit sehr viel Mut tragen konnte, war sie auf der Straße nicht zu übersehen. Amerika war ihre Leidenschaft. Sie verbrachte jeden Urlaub dort. Seit dreißig Jahren durchquerte sie die Vereinigten Staaten unermüdlich von Osten nach Westen und von Norden nach Süden. Anfangs mit ihrem ersten Mann und ihren beiden Jungen, dann mit ihrem zweiten Mann und ihren beiden Jungen. Letzten Sommer waren sie zum ersten Mal zu zweit gereist. Monica war keine sentimentale Frau. Sie hatte die zweite Jugend ihrer Ehe damit gefeiert, dass sie ihren gemieteten Campingwagen gegen ein Cabrio eingetauscht hatte. »Cadillac Deville 1970, Ledersitze, *of course*, elektrische Fensterheber, lindgrün metallic, ein Schmuckstück«, hatte sie mit leuchtenden Augen zu ihr gesagt. Claire hätte sie gern gefragt, was sie an diesem Land eigentlich fand, wenn man bedachte, was aus ihm geworden war, aber sie traute sich nicht. Für sie brachten die Vereinigten Staaten, die Fitzgerald, Faulkner und Salinger hervorgebracht hatten, nur noch Fettleibige zustande, die quasi beim Joggen geboren wurden und, wenn sie sich umarmten, die Augen schlossen und »Djises Chreist« riefen. Seit einem Jahrzehnt suchte Claire Monica nun schon auf, und die nicht nachlassende Begeisterung dieser Frau verblüffte sie noch immer.

Wenn ihre Ärztin Zeit hatte und gut gelaunt war, unterhielten die beiden sich über einen Haufen Dinge, die nichts mit Claires Krankheiten zu tun hatten. Dennoch gab es in ihrer Beziehung auch Unausgesprochenes und heimliche Tücke. Monica wusste, dass Claire ihre Diagnosen bisweilen von einem anderen praktischen Arzt überprüfen ließ, und Claire ahnte, dass Monica das wusste. Sie dachte, dies sei der Grund dafür, dass ihre Ärztin sie manchmal bestrafte, indem sie ihr Mitgefühl verweigerte. Sie vergaß niemals, ihr ihre zahlreichen Besuche in der Praxis in Rechnung zu stellen, und gab ihr niemals Muster von Medikamenten mit. Der Ablauf war immer derselbe: Monica hinter ihrem Schreibtisch, königlich und großmütig, effizient und beruhigend, und Claire auf der anderen Seite, voller Ängste, verrückt und treu.

»Also, was ist los?«, fragte Monica, die Augen auf Claire gerichtet, ihre großen Hände auf einer dicken Krankenakte, auf der, mit schwarzem Filzstift geschrieben, »C. Brincourt« stand.

»Ich habe Schmerzen im linken Bein«, klagte Claire und verzog das Gesicht. »Ich bin bei Dietrich gewesen, er hat mich behandelt, aber die Schmerzen sind nicht weg. Ich frage mich, ob es nicht mit meinem Darm zu tun hat, denn der Schmerz geht von hier aus«, sie drückte einen Finger in ihren Bauch, »und strahlt ins Bein aus.«

Monica hörte ihr aufmerksam zu. Gewöhnlich widersprach sie Claires detaillierten Erklärungen und sehr stringenten Theorien über die Merkwürdigkeiten ihres Körpers nicht. Das Arzt-Patienten-Gespräch folgte einem eingespielten Ritual. Monica ließ ihre Patientin ihre Diagnose stellen, gab ihr das Gefühl, sich selbst das Rezept zu schreiben, und machte eine Ultraschalluntersuchung oder nahm ihr Blut ab, wenn ihre Angst allzu groß war. Entweder waren die Ergebnisse eindeutig und Claire war beruhigt, oder sie waren es nicht, was sie am Ende akzeptierte, denn die ständige Sorge war unerträglich.

Claire litt seit ihrer Kindheit an der Angst, krank zu sein. Eine lange Analyse hatte ihr erlaubt, sich über eine Menge plötzlicher Probleme klar zu werden, mit Ausnahme desjenigen, das der Auslöser gewesen war. Insgeheim hatte sie eine Theorie: Der ständig besorgte Blick, mit dem ihre Mutter sie ansah, hatte die Offensichtlichkeit ihrer Existenz auf dieser Erde ins Wanken gebracht. Sie war so sehr davon überzeugt, dass sie unter einem »Legitimitätsdefizit« litt, dass sie die Welt in zwei Hälften teilte:

die Legitimen auf der einen Seite und die Illegitimen auf der anderen. Erstere waren verhätschelt worden, und man hatte ihnen seit frühester Kindheit instinktiv vertraut. Auf die Illegitimen hatten die Eltern ihre eigene Angst vor dem Leben, ihr mangelndes Vertrauen in sich selbst und folglich in ihre Kinder übertragen. Sie war sich bewusst, dass diese Theorie etwas kurz griff, aber zuweilen verspürte sie dieses Gefühl der Illegitimität im Umgang mit manchen Leuten so stark, dass »mit Sicherheit etwas dran sein« musste. Es war eine Frage des Raums, den man sich zugestand, und dieser Unterschied zu den anderen war für sie eine echte Grenze. Monica stand auf:

»Ich werde dich untersuchen.«

Claire legte sich auf die Liege, mit offener Hose, den Pullover hochgeschoben über ihren nackten Bauch. Monica maß lächelnd und ruhig ihren Blutdruck und tastete ihren Magen ab. »Was machst du im Moment?«, fragte sie.

»Ich habe gerade ein miserables Manuskript beendet«, erwiderte Claire seufzend. »Eine Geschichte von jungen Leuten auf der Flucht. Extrem düster. Kerouacs Gammler auf der A 14, das sagt alles«, fügte sie lachend hinzu.

»Warum nicht?«, entgegnete Monica leicht schroff.

Diese Reaktion hatte Claire von ihrer Ärztin nicht erwartet, da sie keine Ahnung von Literatur hatte und sie normalerweise reden ließ. Vielleicht hatte sie sich ja einst auf den Straßen Amerikas mit ihrem Exmann für eine Freundin von Jack Kerouac gehalten. Da sie ihre Ärztin, dieses kostbare Wesen, nicht verärgern wollte, hielt sie es für besser, das Thema zu wechseln.

»Gut. Du kannst dich wieder anziehen. Ich denke, du hast wieder eine Kolitis. Das wird langsam chronisch bei dir«, sagte Monica und kehrte zu ihrem Schreibtisch zurück.

»Eine Kolitis, natürlich. Aber kann sich dahinter nicht etwas anderes verbergen?«

»Und was?«, fragte Monica und blickte ihr in die Augen.

»Ein Tumor, Verwachsungen, keine Ahnung!« Claire, die sich wieder angezogen hatte, setzte sich. »Und die Schmerzen in meinem Bein? Was ist das?«

»Die Schmerzen in deinem Bein kommen von der mangelnden Bewegung. Du sitzt zu viel. Du musst dich mehr bewegen. Und deine Kolitis ist eine Kolitis.«

Sie blätterte in Claires Krankenakte und deutete triumphierend auf eine Seite.

»Siehst du, letztes Jahr haben wir eine Koloskopie gemacht.«

Während Claire einen Scheck ausstellte, schrieb Monica ein Rezept.

»Ein Verband für den Magen. Und ich verschreibe dir noch ein krampflösendes Mittel.«

Die beiden Frauen tauschten lächelnd Scheck gegen Rezept, wie die beiden Teile eines gelesenen und genehmigten Vertrags. Monica lehnte sich entspannt in ihrem Sessel zurück und streckte die Beine unter dem Schreibtisch aus.

»Wie lange bist du nicht aus dem Haus gegangen?«

Claire war das gewohnt. Für Monica war ihr Leben unverständlich. Sie fragte sich, wie man mit der Arbeit eines anderen und einem Fenster zum Hof als einzigem Horizont leben konnte. Da sie von der Illegitimitätstheorie ihrer Patientin nichts wusste, war sie überzeugt, dass Claires hypochondrische Ängste verschwinden würden, wenn sie in ihrem Leben etwas ändern würde, und sei es nur ihren Lebensrhythmus. Der Fall einer Patientin hatte sie sehr beschäftigt, die eine Depression dadurch überwunden hatte, dass sie ihr Schlaf- und Wohnzimmer gegeneinander ausgetauscht hatte. Sie war der Meinung, dass man, um sich besser zu fühlen, nicht unbedingt immer große Anstrengungen unternehmen müsse, wie sich für tot erklären zu lassen und ans Ende der Welt zu gehen, um einen Schlussstrich unter seine Vergangenheit zu ziehen.

»Eine knappe Woche. Ich hatte einfach zu viel zu tun. Legrand presst mich aus wie eine Zitrone. Er ist fest entschlossen, Geld zu verdienen!«, fügte sie lachend hinzu.

»Hast du keine Lust, etwas anderes im Verlag zu machen?«, fragte Monica. »Dich zum Beispiel um die Presse zu kümmern. Dadurch würdest du unter Menschen kommen. Cocktailempfänge, Messen, Fernsehen ...« Während sie sprach, blickte Monica halb träumerisch, halb begeistert über Claire hinweg. »Nein?«

»Nein«, erwiderte Claire. »Fehler, Wiederholungen, Klischees, Sinnfehler aufspüren, das liebe ich. Ein bisschen wie ein Kriminaltechniker, der die DNA analysiert, Spuren sichert und Hypothesen bestätigt.«

Monica machte einen enttäuschten Eindruck. Zu ihren Patienten gehörten Verleger und Schriftsteller. Diese etwas schräge, altmodische und elegante Welt übte eine gewisse Anziehungskraft auf die pragmatische und unnachgiebige Frau aus. Sie begriff nicht, dass Claire weder fasziniert noch faszinierend war.

»Würde es dir etwas ausmachen, mir noch mal ein Schlafmittel zu verschreiben?«

Wortlos streckte Monica die Hand aus, und Claire gab ihr das Rezept. Sie fügte das Medikament der Liste hinzu und gab es ihrer Patientin zurück.

»Ein Viertel abends, nicht mehr.«

Sie sahen sich schweigend an, ein unbestimmtes Lächeln auf den Lippen.

»Weißt du, Claire, du wirst die Stille niemals finden, wo immer du auch bist. Es ist wie mit den Krankheiten, es ist endlos.«

»Du hast recht. Ich weiß. Ich weiß ja, dass es immer neue Geräusche geben wird, Klappern, Schnurren, Klingeln, die keinen Namen haben, keinen Sinn, keine Herkunft, die wer weiß woher kommen, von hier, von dort, und die mich verrückt machen. Das Programm einer Waschmaschine beispielsweise dauert höchstens anderthalb Stunden. Man weiß, woran man ist. Jetzt schleudert sie, in zwanzig Minuten ist alles vorbei. Das ist beruhigend. Und eigenartigerweise achten die Leute auf Musik, als würden sie einräumen, dass sie ein Geräusch ist. Aber nicht auf den Fernseher. Weißt du, warum? Die Leute sind verrückt, Monica, sie halten den Fernseher für einen lebendigen Menschen. Ich unterscheide stets zwischen einer Stimme, die aus dem Fernseher kommt, und einer echten Stimme. Es gibt da diese winzige Verschiebung, die halbe Sekunde Unterschied zwischen dem Hergestellten und dem Natürlichen, zwischen der Sicherheit und dem Zweifel. Die echten Stimmen stören mich komischerweise nicht.« Sie verstummte abrupt, da sie merkte, dass sie völligen Unsinn redete, und sah Monica an. »Ich muss los«, sagte sie. »Ich bin mit Legrand verabredet.« Claire wollte aufstehen, besann sich dann aber. Ruhiger sagte sie: »Weißt du, ich habe einen neuen Nachbarn. Ein Japaner. Ein erstaunlicher Mann.« Sie zögerte und fuhr dann fort: »Erstaunlich, das Wort trifft wirklich auf ihn zu. Ich habe ihm von meiner panischen Angst vor Lärm erzählt. Er hat mir erklärt, dass die Abendländer häufig glauben, zum Meditieren, wie beispielsweise im Zenbuddhismus, müsse man sich unbedingt an einen ruhigen Ort begeben. Aber das stimme nicht, im Gegenteil, sie sagen, dass man sich in den Durchgang zwischen zwei Räumen setzen müsse, dort, wo Bewegung und Lärm sei, das sei für das Meditieren am besten. Ein interessanter Gedanke, nicht?«

»Und was macht dein Japaner?«

»Er sagt, dass er bei der japanischen Botschaft arbeitet. In Wirklichkeit weiß ich nicht genau, was er macht.«

»Spionage!«, sagte Monica lachend. »Und siehst du ihn

häufig?«, fügte sie hinzu und erhob sich, womit sie Claire zu verstehen gab, dass sie die Eingangstür gehört hatte, was bedeutete, dass ein neuer Patient gekommen war.

»Ein- oder zweimal in der Woche.« Claire näherte sich Monica und küsste sie auf beide Wangen.

»Ruf mich an, wenn es dir nicht gutgeht.«

Claire verließ die Praxis, ohne zu antworten, und hüpfte mit wiederentdecktem jugendlichem Schwung die Treppe hinunter. Auf der Straße stellte sie fest, dass herrliches Wetter war, ein strahlend blauer Himmel und gerade genug Wind, um sich vorzustellen, man sei am Meer.

Ihre Eile war eine Lüge. Legrand erwartete sie erst in einer Stunde. Sie ließ die Leute häufig glauben, sie sei in Eile, um sie von ihrer Gegenwart zu befreien, dieser bisweilen so verteufelt störenden Gegenwart.

Claire liebte den kleinen Park, sehr »rive gauche«, neben Monicas Praxis. Manchmal blieb sie dort noch eine Weile, wenn sie bei der Ärztin gewesen war. An diesem Morgen war der Park belebt. Ihre Lieblingsbank lag im Schatten in der Nähe des Springbrunnens. Man setzte sich dort der Gefahr aus, zur Zielscheibe der Tauben zu werden, die heimtückisch in den dunklen Zweigen der benachbarten Bäume saßen. Doch, wie Claire in fünfzehn Jahren Leben in Paris herausgefunden hatte, angesichts der Anzahl von Tauben, die die Stadt unsicher machten, wurde man letzten Endes relativ selten von ihnen vollgeschissen. Sie holte ihr Manuskript hervor, um ein letztes Mal eine kritische Passage zu lesen, in der das Französische so sehr von Argot durchsetzt war, dass man den Autor für schizophren halten konnte. Sie war nicht sehr konzentriert, und ihr Blick wurde von einem kleinen Jungen angezogen, der vor einer Bank spielte. Claire ließ sich von den Bewegungen des Kindes hypnotisieren. Er versuchte Sand in eine Art Spielzeug-Drehkreuz zu schütten, das sich zu drehen begann, wenn der Trichter, der es überragte, voll genug war. Die Bewegungen des Jungen, seine Konzentration schienen ihn zu ermüden. Claire verfolgte gebannt die Bemühungen des Kleinen. Sie liebte Kinder über alles. Bei jeder Gelegenheit sagte sie allen, die es hören wollten, wie wunderbar sie seien, so wie man stolz ein Clubabzeichen trägt. Man erinnerte sie häufig mit mehr oder weniger Zartgefühl, dass »Kinder im Alltag auch verdammt anstrengend« seien, was Claire sich mit »was weißt du denn schon, du hast ja keine« übersetzte. Genau das erlaubte ihr aber, die Kinder mit Zärtlichkeit zu beobachten. Sie bewunderte ihren Ernst. Ihre Würde trieb ihr die Tränen in die Augen, diese Tränen, die sie mit dem unbeachteten Kind teilte, das sie gewesen war. Sie liebte ihre schönen Augen, die sich abwandten, wenn von ihnen verlangt wurde, guten Tag zu sagen, ihre Hände, die denen von Botticelli-Engeln glichen, dieses sehr vage Lächeln, das sie ohne Grund den Unbekannten in der Metro schenkten. Sie liebte ihre ungeteilte Aufmerksamkeit, wenn sie Vertrauen gefasst hatten, und ihr Genie, wenn es darum ging, die Augenblicke der Einsamkeit zu füllen. Sie fand diese kleinen Wesen, die ihren allmächtigen und tyrannischen Eltern ausgeliefert waren, schön, intelligent und äußerst mutig.

Das Kind hob den Kopf und sah Claire an. Sein Gesicht war ausdruckslos. Die Mutter, die neben ihm saß, sprach in ihr Handy und vergewisserte sich von Zeit zu Zeit mit einem Blick, dass ihr Sohn sich nicht fortbewegt hatte. Hatte sie überhaupt eine Ahnung, was da zu ihren Füßen vor sich ging?, fragte sich Claire. Sie weiß nicht, dass ihr Junge gerade einen gewaltigen Sieg errungen hat, weil er es geschafft hat, genügend Sand in seinen Trichter zu schütten, damit das Rad seines Spielzeugs sich bewegt, dachte sie. Für ihn zählte das Lob seiner Mutter, und er erhob sich, um seinen Erfolg dieser beschäftigten Frau zu zeigen, die große Augen machte, um begeisterte Überraschung vorzutäuschen. Das Kind setzte sich wieder. Claire verließ den Park. Sie dachte an Ishida und fragte sich, ob er Kinder hatte. Mit fünfundvierzig hatte er vielleicht schon mehrere Leben hinter sich.

4

Claire ging mit leichtem Schritt die Rue de Seine entlang, glücklich von einem Schaufenster zum nächsten bummelnd. Ihre Gestalt fiel nicht weiter auf in einem Paris ohne Nuancen, wo die Schnelligkeit der Begegnungen dazu zwang, sich betont auffällig zu benehmen. Man musste schon zweimal hinschauen, um zu bemerken, dass sich hinter diesem banalen Phänomen Schätze verbargen: eine glänzende Haut, präraffaelitisch wirkende Hände und Augen dunkel wie dickflüssige Tinte. Claires Bewegungen waren nicht anmutig, und ihr eigenartig federnder Gang war unbeholfen, ohne komisch zu wirken. An Offenheit gewöhnt, achtete sie nicht darauf, außer wenn sie mit Louise ausging. Ihre Nachbarin, eine auffällige Erscheinung, zog die Blicke magnetisch an, und Claire sah dann, ohne selbst gesehen zu werden, »was es heißt, den Männern zu gefallen«.

Ein Antiquariat hatte sein Schaufenster zum Thema Japan dekoriert: Holzschnitte von Hiroshige, Fotos von blassen Geishas, echte blühende Kirschbaumzweige. Claire ging in den Laden und kaufte einen »Klassiker der japanischen Literatur«, den Ishida ihr empfohlen hatte. »Sie werden sehen ...«, hatte er lächelnd und lakonisch hinzugefügt. In seiner Gegenwart hatte sie den Eindruck, Monologe zu halten. Er hörte ihr zu, vollkommen reglos auf der anderen Seite des Tisches sitzend, wie ein Dreckskerl, der zusieht, wie jemand ertrinkt, ohne einzugreifen. Ein Schleier aus Unruhe, nicht dicker als Seide, legte sich daraufhin auf ihr vormittägliches Glück.

Sie ging durch eine Toreinfahrt, durchquerte einen schönen gepflasterten Hof, öffnete eine Tür mit einem Schild, auf das in Goldbuchstaben *Éditions Pierre Legrand* graviert war, und stieg ein paar Stufen hinauf. Nachdem sie geklopft hatte, betrat sie, ohne eine Antwort abzuwarten, das große Büro. Es war ein erstaunlicher Ort für den, der ihn zum ersten Mal sah. Man hatte das Gefühl, seit er von einem Magazin für Innenarchitektur fotografiert worden war, habe niemand mehr seinen Fuß hineingesetzt. Einige wenige Designermöbel wetteiferten in eleganter Nüchternheit in diesem weißen, schlichten Raum. Die Bücher, die fast fehl am Platz wirkten, glänzten auf beleuchteten Regalen, nach Reihen geordnet, durch ihre Unauffälligkeit. Die Akten, Manuskripte und Ordner folgten einem sehr ausgeklügelten »Farbcode«, den eine Sekretärin entwickelt hatte, die ebenso auf Symmetrie und ästhetische Einheitlichkeit bedacht war wie ihr Chef. Die Luft war gesättigt von einem schweren Männerparfum. Claire wartete, bis Legrand, dessen Blick auf einen Baum im Hof gerichtet war, geruhte, sich ihr zuzuwenden. Schlank, dunkler Anzug, ausgemergeltes Gesicht, wirkte er wie ein typisch Pariser Großbourgeois. Endlich drehte er sich um und setzte sich an seinen Schreibtisch. Er sah zu, wie Claire sich ihm gegenüber auf einen kalten Plastikstuhl setzte.

»Haben Sie Tauben in Ihrem Hof?«, fragte er und zündete sich eine helle Gauloise an. »Haben Sie einen Hof in ihrem Haus?« Er wartete die Antwort nicht ab und fuhr nachdenklich fort: »Ich verstehe nicht, warum die Leute Tauben nicht mögen. Ich mag sie auch nicht … Weiß der Himmel, warum!«

Legrand war Spezialist für nebulöse Überlegungen, Sackgassen, verschlungene Nebensächlichkeiten. Diese drohende Unterhaltung über die Pariser Vögel interessierte Claire überhaupt nicht. Sie erwiderte mit kaum verhohlener Langeweile:

»Das Grau vielleicht, keine Ahnung …«

Sie legte das Manuskript, das sie aus ihrer Aktentasche geholt hatte, auf den Schreibtisch.

»Ich bin endlich fertig …«

Pierre Legrands Augen leuchteten auf, jähe Landung im Raum.

»Und, nicht schlecht, das neue Baby?«, sagte er begeistert.

Claire lächelte, ließ ein paar Sekunden verstreichen und erwiderte mit einem Hauch von Ironie in der Stimme:

»Ja. Ich würde sagen, Ihr Freund hat ein kleines Problem mit der Zeitenfolge und der Verdoppelung von Konsonanten … Nichts Besonderes. Ungewöhnlicher aber ist, dass er siebenundzwanzigmal den Ausdruck ›Du kannst mich mal‹ benutzt. Lustig, nicht?«

Pierre Legrand kannte die Meinung seiner Redakteurin über die gegenwärtige literarische Produktion. Er tolerierte ihre Extravaganzen, weil sie gute Arbeit leistete. Seiner Frau, die Claire hasste, pflegte er zu sagen, sie sei »pures Gold, denn sie versteht es, mit den Autoren umzugehen«.

Genervt fügte er hinzu:

»Hören Sie gut zu, Mademoiselle Brincourt. Man kann den Leuten nicht in einem fort Dinge vorsetzen, die sie langweilen. Was soll ich machen? Ich lehne ab, ich lehne ab, und eines Tages verschwinde ich sang- und klanglos.«

»Im Grunde«, entgegnete Claire, »ist Ihr schlimmster Feind der Leser. Sie verachten ihn wegen seines Scheißgeschmacks, und trotzdem sind Sie gezwungen zu veröffentlichen, was er von Ihnen verlangt. Ihr Leben ist die reinste Hölle!«

Legrand blätterte nervös in dem Manuskript.

»Haben Sie viele Korrekturen gemacht?«

»Eine ganze Menge.«

»Ich warne Sie, er kann sehr unangenehm sein.«

»Ich weiß«, sagte Claire. »Ich habe mehrmals mit ihm telefoniert. Bei den jungen Leuten hat man immer den Eindruck, man wolle ihnen ein Ei abbeißen, wenn man sie bittet, ein Komma zu ändern.«

Sie tauschten ein etwas müdes Lächeln aus. Legrand drehte sich in seinem Sessel und richtete den Blick auf eine Fotografie an der Wand, die ihn mit einem vor kurzem gestorbenen Autor zeigte.

»In Wirklichkeit gibt es in Paris ebenso viele Autoren wie Tauben. Sind Sie in der Lage, eine Taube von einer anderen zu unterscheiden?« Er bohrte seinen Blick in Claires tiefschwarze Augen. »Wissen Sie, eines Tages werde ich gezwungen sein, mich von Ihnen zu trennen. Sie deprimieren mich. Sie verkörpern nicht den Geist des Hauses.«

Claire überhörte den Ausbruch ihres Verlegers.

»Haben Sie etwas für mich?«

Legrand entfaltete seine langen Beine und holte eine rote Akte, die auf einem Stapel lag. Claire steckte sie in ihre Tasche, ohne einen Blick darauf zu werfen.

»Interessiert Sie nicht, was es ist? Dabei müsste es Ihnen gefallen. Es ist dieser Osteopath, den Sie mir angedreht haben. Unter uns, ich drucke nur zweitausend… höchstens. Damit muss er zufrieden sein.«

Claire schenkte Legrand ihr erstes echtes Lächeln seit dem Beginn ihrer Unterhaltung.

»Danke. Sie werden es nicht bereuen. Auf seinem Gebiet ist er sehr kompetent.«

Sie stand auf. Legrand eilte zur Tür, um sie zu öffnen.

»Und wie geht es Ihnen?«, fragte er leise und beugte sich zu ihr.

»Oh, ausgezeichnet«, erwiderte sie und trat beiseite.

Nach kurzem Zögern fragte Legrand sie etwas verlegen: »Die Urlaubszeit rückt näher, haben Sie schon Pläne?« Ohne Claires Antwort abzuwarten, fügte er unbeschwert hinzu: »Wissen Sie, Sie haben Glück. Sie können überall arbeiten. Sie packen Ihre Manuskripte in einen Koffer, dazu einen Laptop, und hopp! Ans Meer!«

Claire kannte seine Ängste eines reichen Arbeitgebers, für den das Wort Urlaub eine wunde Stelle auf seinem Kalender war, ein vulgäres Wort, das in aller Munde war. Er hatte keine Vorstellung von dem Unheil, das er in solchen Augenblicken anrichten konnte.

»Ich rufe Sie an, wenn ich fertig bin.«

Hinter der Glastür sah Legrand ihr nach. Der Vertriebsleiter fand sie sehr attraktiv, und auch die Sekretärin fand, dass sie »das gewisse Etwas« habe. Dennoch konnte er sich nicht vorstellen, dass man sie in irgendeiner Weise reizvoll finden konnte. Fünfzehn Jahre war sie jetzt in Paris und wirkte immer noch genauso provinziell wie damals. Aber er hätte Mühe gehabt, glaubhaft zu erklären, was ihm an ihr nicht gefiel. Sie hielt ihn für einen Idioten, das war klar. Aber er nahm es ihr nicht übel. Immer wieder hatte ihn auf Cocktailempfängen ihre Selbstsicherheit gegenüber Politikern, wichtigen Autoren oder eingebildeten Frauen überrascht. Als hielte sie sich für so bedeutungslos, dass die Konsequenzen ihrer Handlungen nur sehr gering sein konnten. Das war eine These, die er auf Grundlage der verheerenden Ansichten seiner Frau entwickelt hatte, aber sie genügte ihm nicht. Dieses Mädchen war vielleicht im Gegenteil eine echte Zynikerin, und darin war sie wirklich stark. Wie üblich hatte sie sich geweigert, ihm ihre Urlaubstermine mitzuteilen. Wieder einmal hatte sie ihn an der Nase herumgeführt. Mit welcher Berechtigung ließ er ihr durchgehen, was er niemand anderem im Haus hätte durchgehen lassen? Vielleicht ließ er sich von ihrer Unbestechlichkeit täuschen. Er schloss die Tür seines Büros und blickte lange aus dem Fenster, in komplizierte Gedanken versunken, die sich um die Wahrnehmung des anderen und die unglaubliche Distanz drehten, die zwei Menschen trennt, so vertraut sie auch miteinander sein mögen. Claire Brincourt würde niemals Pierre Legrand sein und umgekehrt.

Claire war verstimmt wegen ihres Gesprächs mit Legrand. Wie gewöhnlich hatte sie ihre Respektlosigkeit diesem Typen gegenüber übertrieben, den sie durchaus mochte, aber nicht schätzte. Sein unerklärliches Schlingern zwischen Qualität und Quantität brachte sie seit fünfzehn Jahren immer wieder neu zur Verzweiflung. Hinzu kam eine echte Arbeitgebermentalität, die dazu geführt hatte, dass er, es war noch gar nicht lange her, ernsthaft daran gedacht hatte, eine Stechuhr für seine Angestellten einzuführen. Wie konnte es sein, dass in ein und demselben Kopf ein unleugbares ästhetisches Gefühl und eine solche Niedertracht aneinandergrenzten? Claire hatte nicht die Absicht, das Thema weiter zu vertiefen, aber wie so häufig zog eine Verärgerung die nächste nach sich, und eine ganze Serie von Unannehmlichkeiten brach in heftigen Wellen über sie herein: ihre halberotischen Träume mit Ishida, ihre Urlaubstermine, das Geld, das sie in dem Antiquariat ausgegeben hatte, obwohl sie ihr Konto beträchtlich überzogen hatte, dieses unschöne Spiegelbild, das von einem Schaufenster zum nächsten treu neben ihr herging, ihre Kolitis, die kleine Lucie und ihr Mangel an Feingefühl dem Japaner gegenüber. Vor allem aber war es ihr unmöglich, nach Hause zu gehen und sich der Geschäftigkeit in der Wohnung über ihr zu stellen, der Gegenwart ihres oder ihrer neuen Nachbarn. Sie spürte bereits die ersten Anzeichen heftiger Kopfschmerzen. In solchen Augenblicken hatte sie Angst vor sich selbst.

Sie schlenderte ziellos durch das Viertel, probierte in einem Laden in der Rue de Rennes einen Rock an, den sie als demütigend empfand, und beschloss, ins Museum zu gehen. »Das Museum beruhigt mich«, sagte sie gern, auch um zu provozieren. Ihre Lieblingsmuseen waren das Guimet und der Louvre, wo sie aufgrund einer schlechten Erfahrung schon eine ganze Weile nicht mehr gewesen war.

Claire war erst sehr spät zur Malerei gekommen, eingeschüchtert durch den Umfang des Themas und die Feierlichkeit der Museen. Ein Mann, den sie sehr geliebt hatte, hatte sie eines Tages in eine Ausstellung über Ingres mitgenommen. In einem Saal hatte er sie verloren, sie hatte ihn gesucht und sich dann damit abgefunden, allein weiterzugehen. Während sie auf einer Bank in einem fensterlosen Raum über die Zukunft ihrer Liebe nachgedacht hatte, hatte sie bemerkt, dass sie nicht allein war. Ein Dutzend Personen hatte sie beobachtet. »Hast du dich schon mal von einem Gemälde beobachtet gefühlt?«, hatte sie später den Mann gefragt, der sie abgehängt hatte. In der tiefsten Stille hatten bleiche Gesichter sie höflich angeblickt. Niemals würde sie diesen Nachmittag bei Ingres vergessen, wo nur noch der dampfende Tee gefehlt hatte, den die hübsche Madame de Senonnes, hinreißend in ihrem altrosa Samtkleid, an die Lippen geführt hätte. An der gegenüberliegenden Wand hatte der Kummer der Besucherin die Prinzessin de Broglie, die weniger gesprächig war, nicht gleichgültig gelassen. Links hatte eine Dame in einem sehr geblümten Kleid und mit sehr schlaffen Fingern ihr einfach nur zugelächelt. Sie hatte ihr zugelächelt, vollkommen lebendig, und ihr, so war es Claire vorgekommen, von Frau zu Frau das Geheimnis des Verzichts weitergegeben, das in ihrem undurchsichtigen und hochmütigen Blick aufschimmerte. Es war ein wahnsinniges Gefühl gewesen und der Beginn eines intensiven und ungestörten Zwiegesprächs zwischen Claire und den Bildern. Später hatte sie das Gleiche mit Bonnard, van Gogh oder Francis Bacon erlebt, bis sie schließlich ihre letzte Verrücktheit entdeckt hatte, die italienische Renaissance.

Sie beschloss, ihrer Lust, sich wieder einmal Giotto und Uccello anzuschauen, nachzugeben, und ging in die Metro hinunter, Station Saint-Michel. Nachdem sie einen großen Salat in einer schlecht gewählten Brasserie gegessen hatte, landete sie wie von selbst vor dem *Heiligen Franziskus* von Giotto. Unerklärliche Beschleunigungen der Zeit unterstützen bisweilen die Pläne chronisch Gelangweilter wie kleine Wunder. Sie brauchte nur ein paar Minuten, um von der Welt des Sichtbaren zur »Halluzination« zu wechseln, die, wie sie wusste, außerordentlich anfällig war und vom Ausmaß ihrer Konzentration abhing. »Man muss sich in Stimmung bringen«, pflegte sie zu sagen. Und so setzte sie sich hin, damit sie sich in die Gemälde hineinversetzen konnte, und beobachtete die Leute, die vorbeigingen, während sie sich einstimmte. An diesem Tag waren zahlreiche chinesische Touristen da, und sie freute sich, dass sie sie nicht mehr mit den Japanern verwechselte. Dabei erschien ihr das Gesicht von Ishida. Dieser Typ verfolgte sie regelrecht, und das war kein gutes Zeichen. Die Vorstellung, dass ihr Alltag sich ein wenig veränderte, missfiel ihr nicht, doch sie fürchtete, er könnte sich zu sehr verändern. Immerhin musste sie einräumen, dass das Leben dieses Mannes Dunkelzonen enthielt. Ein italienisches Pärchen erregte ihre Aufmerksamkeit, das die Gemälde mit einer winzigen Kamera filmte, während es an ihnen vorbeiging, eine lange Kamerafahrt von Cimabue zu Gozzoli, bis der Wächter sie anfuhr. Warum filmten sie, ohne anzusehen, was sie filmten? Die Leute horten Bilder, sie haben das Gefühl, sie in Besitz nehmen zu können, und das ist alles, was zählt, dachte sie und stand auf.

Sie stellte sich vor die *Marienkrönung* von Fra Angelico, und sehr schnell hörte alles auf: die Geräusche um sie herum, die Bewegungen, ihr irdisches Leben. Sie trat in das Gemälde ein, wie man als Kind einen phantastischen Palast betritt, dessen Reichtum und Gold einen blendet. Ihr Blick wanderte über die glücklichen Gesichter der Heiligen und Engel, tauchte in die Blau- und Hellrosatöne ein wie in ein angenehmes warmes Bad mit schillernder Oberfläche. Ganz besonders liebte sie die Malerei der Frührenaissance, die mit einem Bein noch im Mittelalter stand. Die Menschen waren fiktiv, Wesen ohne Knochen und Adern. Gemalt auf Holztafeln, schienen sie auch deren Konsistenz zu besitzen. Die Falten ihrer Kleider waren steif, ihre Köpfe geneigt. Ihre Gesichtszüge waren von einer unendlichen Sanftheit, die Claire das Herz brach. Sie riss sich von der Betrachtung der *Marienkrönung* los und ging weiter zur *Schlacht von San Romano* von Uccello. Sie liebte den Wahnsinn dieses Gemäldes über alles, auf dem Krieger und Pferde in einem verrückten barocken Tanz den Verstand verloren. Dieses düstere Bild, das sie in einer Reproduktion im Arbeitszimmer eines Autors gesehen hatte, hatte ihr Interesse für die italienische Malerei geweckt, welche dann wie eine harte Droge für sie geworden war. Sehr bald schon waren die Fresken von Masaccio, Piero della Francesca und Botticelli an die Stelle der städtischen Landschaft ihres Nachtlebens getreten. Im Traum verlor sie sich im Gewirr der Straßen von Florenz im 15. Jahrhundert, mischte sich unter die goldene Menschenmenge Venedigs auf den Bildern von Gentile da Fabriano oder lief über das saftige dunkle Gras auf Botticellis *Der Frühling*. Tag und Nacht verlor sie sich in den Details der Bilder, bewunderte hingerissen das göttliche Licht auf einem Faltenwurf und zog Leonardo da Vinci Mantegna und Giotto Cimabue vor.

Unfähig aufzuhören, stürzte Claire sich mit der gleichen Besessenheit auf das Leben der Heiligen, die die Gemälde bevölkerten. Definitiv atheistisch, so wie man, pflegte sie zu sagen, »eine kleine Brünette oder eine große Blondine« ist, liebte Claire die aberwitzigen Geschichten christlicher Märtyrer: Steinigungen, Vierteilungen, Ertränken, Vergewaltigungen, ausgerissene Zähne und abgeschnittene Brüste, von Pfeilen durchbohrte Oberkörper, Enthauptungen, Rädern, von Eisenkämmen durchfurchte Körper. Sie erzählte jedem, der es hören wollte, von Justinians schwarzem Bein, vom heiligen Eustachius und von dem leuchtenden Kreuz im Geweih eines Hirsches, vom heiligen Petrus, der mit dem Kopf nach unten gekreuzigt wurde, vom heiligen Georg, dem Ritter, den sie mit dem heiligen Michael verwechselte, dem anderen heiligen Petrus mit der Axt im Schädel und den elftausend Jungfrauen der heiligen Ursula. Sie konnte gar nicht fassen, dass sie vorher nie etwas von ihnen gehört hatte. In den Büchern betrachtete sie Dutzende von Jungfrauen mit Kind, Kreuzigungen, Fluchten nach Ägypten und Anbetungen der Drei Könige. Die Verkündigungen zog sie allen anderen religiösen Szenen vor. Einer insgeheim verzweifelten Louise erklärte sie, dass sie diesen wunderbaren Abstand zwischen dem Erzengel Gabriel und Maria für die perfekte Entfernung zwischen den Menschen hielt: weder Kälte noch Distanz, sondern eine respektvolle gegenseitige Beobachtung und ein wohlwollendes Zuhören, wofür Claire unendlich empfänglich war.

So ging Claires Leben seinen Gang, immer am Rande

einer gefährlichen Fiktion. Sie verschlang eine Heiligengeschichte nach der anderen bis zu diesem verhängnisvollen Vormittag im letzten Winter, an dem sie in den Louvre gegangen war, in den Saal der Italiener. Sie war der Meinung gewesen, es wäre an der Zeit, ihre Bücher zuzuklappen und sich der Realität der Bilder auszusetzen. Und dort, vor den Gemälden der Meister des Quattrocento, vor denen sie ihr erworbenes Wissen hatte überprüfen, die Heiligen, ihre Attribute, den Stil dieses oder jenes Malers, die im Hintergrund dargestellten Orte, die Fluchtpunkte hatte wiedererkennen wollen … hatte sie nichts wiedererkannt, nichts empfunden, war erstarrt, halb wahnsinnig geworden. Von Übelkeit gepackt, hatte sie verstört das Museum verlassen und sich, die schlimmste aller Beschimpfungen, eine Autodidaktin genannt. In dem Bewusstsein, zu weit gegangen zu sein, hatte sie ihre Bücher, ihre Hefte, ihre Symbolwörterbücher zugeklappt und beschlossen, »das eine Weile ruhen zu lassen«. Daher war sie an diesem Morgen erleichtert, als sie vor den Pastellengeln Fra Angelicos feststellte, dass ihre Empfindungen wieder so intensiv wie früher waren.

Sie ging zu Fuß nach Hause, über Rivoli, Châtelet, Rambuteau, Vieille-du-Temple bis zum Cirque d'Hiver. Sie fühlte sich in Hochform und organisierte ihr Studienprogramm über den japanischen Holzschnitt. Diesmal würde sie nicht chronologisch vorgehen, sondern sich von ihrem Instinkt leiten lassen, eine »ziemliche Veränderung«, die sie probieren wollte wie ein Bonbon, dessen Geschmack sie nicht kannte.

5

Schnell und elastisch wie ein Jokari-Ball traf die Realität Claire mitten ins Gesicht. In der Toreinfahrt ihres Hauses hatte die Concierge eine, wie es schien, nicht ganz einfache Diskussion mit dem neuen Nachbarn. Zum ersten Mal sah sie denjenigen aus der Nähe, der bis jetzt nur eine dunkle Gestalt auf einem Balkon und ein Paar Füße auf einem Fußboden gewesen war. So wie ein Bulle bei einem Verdächtigen nach Indizien sucht, registrierte sie, dass er ein kariertes Hemd, eine unmoderne Jeans, schwarze Lederschuhe und keinen Ehering trug. Er war blond und blauäugig, daher stellte sie sich eine bretonische Kindheit in der Gegend von Perros-Guirec zwischen Wind und Segeln vor. Doch der komplizierte Blick des Mannes ließ sie auch an Thomas Mann und das Deutschland zu Beginn des 20. Jahrhunderts denken. Er verwirrte sie, wie sie zugeben musste. Die serbische Concierge drückte sich in einem originellen Französisch aus, das für neue Mieter schwer zu verstehen war. Als Rassistin alten Schlags, ängstlich, aber letztlich unentbehrlich, versuchte sie dem Neuankömmling eine der Regeln des Hauses verständlich zu machen. Claire mischte sich ein und sagte mit gespielter Gleichgültigkeit:

»Sie sagt, dass Sie Ihren Namen nicht auf den Briefkasten kleben dürfen. Sie müssen die Hausverwaltung anrufen, sie wird ein Schild für Sie bestellen. Das geht schnell … Ein paar Tage.«

Der Mann sah die beiden Frauen an, als hätte er es mit Idiotinnen zu tun.

»Und bis es so weit ist?«

Ruhig und deutlich sprechend, erklärte Claire der Concierge:

»Er wird sich noch heute darum kümmern. Bis es so weit ist, kann er seinen Namen auf den Briefkasten kleben, okay?«

Die junge Frau spürte, wie der Blick des Mannes auf ihrer Haut von der Stirn zum Hals wanderte und ein Kribbeln in den Haarwurzeln hervorrief. Sie nahm den Zettel aus den Händen der Hausmeisterin und klebte ihn auf den Briefkasten ihres Nachbarn. »Bis es so weit ist«, fügte sie für sich hinzu. Die Concierge brummte einen unverständlichen Kommentar und verschwand in ihrer Loge.

»Danke«, sagte der Nachbar, ohne jede Verlegenheit vor Claire stehend.

»Keine Ursache.« Es gelang ihr, den Anflug von Gleichgültigkeit in ihrer Stimme zu bewahren. »Was ich Ihnen noch sagen wollte … Ich arbeite zu Hause, tagsüber, aber auch abends, und ich brauche Ruhe.« Eine Spur Härte in ihrer Stimme überraschte ihren Gesprächspartner. »Schön. Also dann, guten Abend«, sagte Claire leicht durch den Wind.

Völlig verwirrt durch den enormen Raum, den dieser Mann beanspruchte, verschwand sie im Treppenhaus.

Ein paar arbeitsreiche Tage später wurde Claire von Ishida zum Abendessen eingeladen, »denn wir verlieren uns aus den Augen«, wie er am Telefon sagte. Sie stellte sich sein verschmitztes Lächeln am anderen Ende der Leitung vor, das eines Ausländers, der stolz darauf ist, mit den Nuancen der französischen Sprache spielen zu können. Er hatte ein wunderbares und sehr ästhetisches japanisches Mahl vorbereitet, das Gelegenheit zu weiteren Kommentaren über die japanische Esskultur bot.

»Wissen Sie, dass alle uns sehen können«, sagte Claire und deutete auf den Hof. »Unsere Wohnungen sind wie hell erleuchtete Aquarien, die wie Schachteln übereinandergestapelt sind. Kennt man in Japan keine Vorhänge?«

»Das ist es nicht«, erwiderte der Japaner. »Es ist zu spät, um Vorhänge aufzuhängen. Meine Nachbarn sind daran gewöhnt, mich jeden Abend zu sehen, und sie würden es nicht verstehen, dass ich sie des Blicks in mein Wohnzimmer beraube. Verstehen Sie? Ich würde sie verletzen. Es ist zu spät.«

Sie bedienten sich weiter schweigend aus der Vielzahl kleiner Ramequin-Förmchen, die auf dem niedrigen Tisch standen. Claire betrachtete noch immer den Hof. Ihre Wohnung lag im Dunkeln. Bei ihrem ersten Besuch im Haus gegenüber hatte sie ihre Wohnung aus der Ferne entdeckt. Und es war ein Schock für sie gewesen, feststellen zu müssen, wie die anderen sie, dieses große, zu Kopf steigende Geheimnis, wahrnahmen. In ihrem Wohnzimmer, das dunkler wirkte, als es in Wirklichkeit war, war ein Bild zu tief platziert, ihr Kronleuchter hing lächerlich klein und verstaubt von der Decke. Ein schmuddeliger Fleck säumte die pissgelbe Wand über ihrem Sofa.

Sie ließ ihre Augen weiter über die Fassaden wandern. In der Wohnung ihres neuen Nachbarn brannte Licht, doch von Ishida aus konnte man nur die Decke sehen. Der Mann hatte sich als erstaunlich ruhig herausgestellt. Rücksicht auf seine Nachbarschaft? Nie zu Hause? Claire hätte es nicht sagen können. Die Wohnung der Bluards unter ihr war hell erleuchtet wie ein Flughafenterminal. Kronleuchter und weitere zusätzliche Lampen machten alle Details ihrer bürgerlichen Einrichtung sichtbar: helle Sofas, ein wenig steif, wie die heutigen Designer es verlangten, alter Nippes und abstrakte Bilder, Lampen mit strengen Linien. Keine Spur von Lucie, dachte Claire. Diese Wohnung war nicht für Kinder eingerichtet, sondern nur dafür, Louises lange Beine zur Geltung zu bringen. Sie hatte ihre nackten Beine wie Juwelen auf ein Seidenkissen gelegt. Ganz Abklatsch der Seyrig, die schläfrige Großbürgerliche spielend, die Finger in ihrem venezianischen Haar verloren, trank sie Champagner, kaum lebendig. Antoine sprach die ganze Zeit. Seine Hände zerschrammten die Luft, die Gäste standen mit dem Rücken zum Fenster.

Ishida riss Claire aus ihrem Stummfilm, als er sie fragte, ob sie ihren neuen Nachbarn schon kennengelernt habe.

»Ja«, erwiderte Claire seufzend.

»Und wie finden Sie ihn?«

»Ich weiß nicht, was ich Ihnen sagen soll. Im ersten Augenblick wollte ich mehr über ihn erfahren. Aber jetzt bin ich ziemlich sicher, dass er vollkommen uninteressant ist.«

»Stört er Sie?«, fragte Ishida.

»Nein, überhaupt nicht. Und mehr verlange ich von ihm auch nicht.« Sie schwieg, um ein Tempura zu essen, und fügte dann hinzu: »Er sieht gut aus, das muss ich zugeben, aber mit Schönheit kommt man heute nicht mehr sehr weit.«

»Hmm«, erwiderte Ishida zweifelnd.

»Dieser Typ strahlt Langeweile aus. Es ist wie ein vager Schweißgeruch.« Sie lachte, er nicht. »So wenige Menschen überraschen mich«, sagte sie, und es klang, als zöge sie einen Schlussstrich. Sie spürte, dass sie unterging, wie an manchen Abenden, wenn er sie in ihren widersprüchlichen Wassern um sich schlagen ließ. Schließlich hielt er ihr eine Stange hin.

»Sie sagten einmal, Sie glauben, dass die anderen uns interessant machen.«

Claire sagte, wieder normal atmend:

»Ja, ich glaube, dass manche Menschen uns allein durch ihre Gegenwart, die Art, wie sie uns zuhören, zu Höchstleistungen anspornen. Man hört sich reden und ist verblüfft, wie brillant man ist. Wie der Typ im Stadion, der schneller läuft als man selbst und einen mit sich reißt. Andernfalls ...« – sie warf einen Blick zu Louises Fenster – »andernfalls dösen wir vor uns hin. Unter uns, was hat es für einen Sinn, Dummköpfe zu beeindrucken?«

Claire erschauerte, als sie sich so sprechen hörte. Ihre Verachtung hatte fast all ihre Freunde in die Flucht getrieben. Zwei oder drei nahmen ihre Extravaganzen noch hin, ohne sich getroffen zu fühlen. Ishida schien in ihren Augen unempfänglich für ihren Sarkasmus zu sein.

»Man kann es auch, freiwillig oder nicht, so einrichten, dass derjenige, der spricht, nichts Persönliches sagt. Man tyrannisiert ihn, damit er auf Distanz bleibt«, wandte Ishida ein.

»Sagen Sie das meinetwegen?«, fragte sie leicht beunruhigt.

»Ich führe nur weiter, was Sie gesagt haben.«

Und Ishida stand auf und verschwand in der Küche, wobei er ein paar leere Förmchen mitnahm. Claire rief ihm lachend hinterher:

»Ich bin die Letzte, die Ihnen Lektionen über förmliche Beziehungen erteilt!«

Sie erhielt keine Antwort. Was sie nicht beunruhigte. An diesem Abend hatte sie absolutes Vertrauen in Ishida und sich selbst.

Claire nutzte seine Abwesenheit, um ihre Spionage fortzusetzen. Das Wohnzimmer der Bluards war leer, sie waren zu Tisch gegangen. Bei ihrem Nachbarn von oben brannte kein Licht mehr. Claire war diesem Mann dankbar, dass er sie in Ruhe ließ, da sie nicht wusste, wie weit er ihr schaden konnte. Ishida kehrte zurück und setzte sich ihr gegenüber, geschmeidig und schlank wie ein junger Mann. Er sagte:

»Woran arbeiten Sie im Augenblick?«

»Oh, etwas Technisches. Die Osteopathie.«

»Geht es Ihrem Verleger gut?«, fragte der Japaner.

Claire hatte ihm diesen Mann so genau beschrieben, dass es Ishida ganz normal schien, sich nach seinem Ergehen zu erkundigen.

»Nein, nicht allzu sehr. Er verbringt viel Zeit damit, die Tauben zu beobachten. Er sieht nicht sehr gut aus, und er hat mir gesagt, dass er mich feuern will.« Ishida verzog das Gesicht, aber Claire beruhigte ihn. »Er droht mir alle sechs Monate damit, mich feuern zu wollen. Ich gehe ihm auf die Nerven.« Sie goss etwas dampfenden Tee in ihre blaue Porzellantasse. »Ich habe erfahren, dass seine Ehe sehr schwierig ist. Ich habe von Scheidung gehört, aber ich glaube nicht daran. Zu kompliziert, zu viele gemeinsame Interessen … Ich habe seine Frau ein paar Mal gesehen, auf Abendveranstaltungen. Eine schöne Frau, wie man so sagt, willensstark, mager, ein Luxusweibchen. Ein Model, ständig unterwegs zwischen der Rue du Bac und der Rue de l'Université. Sie hat mich vom ersten Augenblick an gehasst. Wir gehören nicht der gleichen Welt an, und mein glanzloser Exotismus amüsiert sie nicht, er ist ihr nicht ästhetisch genug, außerdem werde ich immer zwanzig Jahre jünger sein als sie! Ich versichere Ihnen, ihr Hass ist so stark, dass ich den Eindruck habe, sie weint gleich, wenn sie mich ansieht. Legrand ist sehr in sie verliebt. Sie sind Waffengefährten, sie ähneln sich. Aber sie tötet ihn mit ihren Jungmädchenansprüchen.«

Claire sah Ishida direkt ins Gesicht. Sie wollte nicht mehr die ganze Zeit allein reden.

»Im traditionellen Japan konnte man am Kaiserhof nicht altern«, sagte Ishida. »Schauen Sie sich die Holzschnitte an. Die Jahrhunderte vergehen, die Zeit verstreicht, aber die Gesichter und die Kostüme ändern sich nicht. Meine Vorfahren hatten einen so stark entwickelten Sinn für die Schönheit, die die Zeit verwelken lässt, dass sie alte Personen immer als Karikaturen missgebildeter alter Leute darstellten.«

»Die Zeit vergeht nicht mehr, wenn man sich nicht bewegt.« Claire spielte die Gleichgültige, was Ishida ihr nicht eine Sekunde abnahm.

»Das ist eine Illusion, das wissen Sie genau. Die Dauer, wie wir in Japan sagen, ist eine Idee, nur eine Idee. Wir leben und sterben wie überall anders auch. Wir sind Kinder«, fügte er mit einem ungewohnten Beben in der Stimme hinzu.

»Wunderkinder!«, rief Claire.

Um ihre jeweilige Zeiterfahrung in die Praxis umzusetzen, saßen sie einander eine ganze Weile im Schneidersitz regungslos gegenüber, den Blick auf den Grund ihrer Teetasse gerichtet. Irgendjemand im Haus beobachtete sie vielleicht, beeindruckt von Claires und Ishidas Reglosigkeit, in Sternenlicht getaucht vor dem schwarzen Hintergrund der Fassade.

Sie kam spät nach Hause, schlief fast sofort ein, stand abrupt auf, vergaß ihre nächtlichen Träume und frühstückte mit ihrer Zeitung bei geschlossenem Fenster. Seit ein paar Tagen hatte sie sich einen regelmäßigen Arbeitsrhythmus angewöhnt, der keinen Raum für Unvorhergesehenes ließ. Sie war effizient, organisiert, konzentriert. Selbst der Himmel, der jeden Tag gleich blau war, schien ihr ein wenig von dieser Dauer zu schenken, von der Ishida gesprochen hatte.

Vier Jahre nach den Malerarbeiten des ungarischen Künstlers hatte Claires Wohnung eine solche Patina bekommen, dass man meinen konnte, sie wohne schon vierzig Jahre darin. Eine Fülle von Gegenständen, von bunt zusammengewürfeltem Nippeskram ließ auf eine lange persönliche Geschichte, eine reiche Genealogie, Reisen in ferne Länder schließen. Aber das täuschte. Claire konnte einfach nichts wegwerfen. Seit der »Geschichte mit der Schachtel« weigerte sie sich, ihr Elternhaus als Möbellager zu benutzen. Vor ein paar Jahren war ein großer Schuhkarton mit der Aufschrift »Claires Sachen«, den sie im Schrank ihres Zimmers gelassen hatte, bei Emmaus gelandet. »Ein Versehen«, hatte ihre Mutter mit leicht abwesendem Blick gesagt. Eine Unmenge von Büchern, eng an eng in billigen Bücherregalen, gerahmte Fotos von Schriftstellern und wertlose Möbel vermittelten dem Besucher das Gefühl, die Wohnung eines sehr alten Menschen zu betreten, der nach einem erfüllten Leben der Welt entsagt hat. Sie wusste es und mochte die Vorstellung, einer anderen Zeit anzugehören, auch wenn ihre Wohnung aus der Ferne schmutzig wirkte.

Claire lud nur selten jemanden zu sich ein. Selbst Ishida nicht, der nur über den Hof zu gehen brauchte… Sie ertrug es nicht, die Leute in ihrem Wohnzimmer allein zu lassen, während sie in der Küche Kaffee machte, sie hatte Angst, sie könnten ein Buch nehmen und sagen: »Ich leih es mir von dir aus«, sie wollte nicht, dass sie ihr Bett sahen, sie fürchtete mögliche Essensgerüche. Sie wollte ganz einfach nicht, dass die anderen ohne ihr Wissen Dinge über ihr Leben erfuhren. Leute in ihre Wohnung zu lassen war für sie, als würde sie das Steuer jemand anderem überlassen, der hinter seiner gutmütigen Fassade vielleicht ein Verkehrsrowdy war.

Jeden Morgen stellte Claire nach einer unvernünftig heißen Dusche die Waschmaschine an und legte die Wäsche, die seit dem Vortag auf einer Stange über der Badewanne trocknete, in einen Weidenkorb. Schließlich setzte sie sich an ihren Schreibtisch inmitten ihrer Wörterbücher und Lexika. Den Computer benutzte sie nur gelegentlich, wenn es nicht anders ging. Sie hatte mehr Vertrauen in die Bücher. Der Vormittag verging schnell, wenn sie arbeitete. Dietrichs Manuskript war ziemlich gut geschrieben und überzeugend. Vom Autor gezeichnete Figuren stellten Männer und Frauen in Stellungen dar, die so einfach waren, dass sie Mut machten. Dennoch erkannte Claire manche, die Dietrich sie unter Schmerzen gelehrt hatte.

Um dreizehn Uhr machte sie Mittagspause und schaute sich die Nachrichten im Fernsehen an. Wie alle anderen mutete sie sich diese Litanei von Gräueln zu, immer mehr oder weniger die gleichen, hier oder dort, in unbekannten Städten, die immer erst sorgfältig auf einer Karte situiert wurden, bevor die Reportage des Sonderkorrespondenten begann. Claire weigerte sich, ihren Teil der Mitverantwortung am Unglück der Welt zu tragen, unter dem Vorwand, dass reichlich Wasser aus ihren Wasserhähnen kam. Dennoch hatte sie nicht erklären wollen, warum sie nie mehr durch eine bestimmte Straße ihres Viertels ging. Monatelang hatte ein großer gebeugter Mann dort jeden Tag eine herzzerreißende Musik gespielt, indem er mit einem Bogen eine Säge gestrichen hatte. Er wirkte wie ein Rentner aus der Provinz, ein ehemaliger Buchhalter oder Lehrer, der nach dem Tod seiner Frau allein geblieben war. Diese Szene hatte ihr das Herz zerrissen. Nachdem sie ihre Einkäufe gemacht hatte, hatte sie Geld in seine Schirmmütze gelegt und im Vorbeigehen überprüft, ob andere es vor ihr getan hatten. Und sie hatte den Kopf abgewandt, weil sie Angst gehabt hatte, dem Blick dieses Mannes zu begegnen, der sicherlich der Großvater von irgendjemandem war. Von Mitgefühl zerfressen, beschloss sie an einem traurigen Morgen, nie mehr durch diese Straße im Marais zu gehen. Sie bildete sich ein, dass das Unglück der anderen sie so sehr mitnahm, dass sie sich dazu verdammt glaubte, sie zu ignorieren, um zu überleben. Im Grunde beunruhigte sie diese dezent luxuriöse Empfindlichkeit, die sie da an sich entdeckte. Sie wandte den Blick von den menschlichen Häufchen Elend ab, die unter schmutzigen Daunendecken in der Metro schliefen, aber an schlechten Tagen wurde ihr Unglück zu ihrem eigenen. Menschenbrüder ...

Als sie gerade den letzten Bissen ihres Steaks hinunterschluckte, klingelte es an der Tür. Sie zuckte zusammen und schaltete blitzschnell den Fernseher aus, brachte ihr Tablett in die Küche und überprüfte ihre Zähne im Spiegel in der Diele.

»Wer ist da?«, fragte Claire.

Sie öffnete, ohne die Antwort abzuwarten. Es war der alte Monsieur Lebovitz, ihr einziger Etagennachbar. Sie trat beiseite, um ihn hereinzulassen, und deutete auf den Sessel. Seit er Probleme mit den Knien hatte, versuchte sie nicht mehr, ihn auf dem Sofa Platz nehmen zu lassen, das zu weich war. Monsieur Lebovitz war ein sehr kleiner Mann mit dichtem weißem Haar. Seine dunkle runzlige Haut schien an seinem Skelett zu kleben, und an seinen langen gepflegten Händen war sie dünn und bläulich. Er trug sommers wie winters einen dunklen Anzug und ein bis zum Hals geschlossenes Hemd, das nicht immer sehr sauber war. Doch die Gesamtheit seiner Erscheinung schloss kategorisch aus, dass »diese blöde Bäckerin« am Boulevard ihn »Großvater« nannte, wie sie die Rentner des Viertels sonst zu nennen pflegte. Claire überprüfte jeden Morgen, dass er auch wirklich hinuntergegangen war, um seine Post zu holen, und dass abends Licht bei ihm brannte. Man hörte kaum etwas von ihm. An jüdischen Feiertagen sang er manchmal ganz leise, und Claire stellte sich an ihre Wohnungstür, um diese Gesänge aus einem anderen Land und einer anderen Zeit zu hören. Seine Frau war jung gestorben, in den Siebzigern, und seine einzige Tochter lebte in Israel. Sie besuchte ihn zweimal im Jahr und schockierte Claire jedes Mal durch die Brutalität, mit der sie diesen kleinen Mann behandelte, der zerbrechlich wie Porzellan war. Entweder konnte sie sein Alter nicht annehmen, oder sie rächte sich für eine Erziehung, die sie gehasst hatte, für eine traurige und öde Jugend in dieser dunklen, zum Hof hin gelegenen Wohnung im zweiten Stock.

Claire bot dem alten Mann einen Kaffee an, den er höflich ablehnte. In letzter Zeit hatte er etwas Mühe mit dem Atmen. Sie verschwand in ihrem Arbeitszimmer und kam gleich darauf mit einem Buch zurück, das sie Monsieur Lebovitz überreichte.

»Schauen Sie«, sagte sie triumphierend, »ich habe es gefunden!«

Es war ein alter Atlas aus den zwanziger Jahren, den Monsieur Lebovitz eine ganze Weile vergeblich gesucht hatte. Claire hatte ihn innerhalb weniger Minuten im Internet, einem Werkzeug, dessen Existenz ihm verborgen geblieben war, gekauft.

Neben dem alten Mann kniend, betrachtete Claire das

Buch mit der gleichen Begeisterung wie Monsieur Lebovitz, während dieser mit zitternder Hand darin blätterte, als seien die Seiten heiß.

»Masel tov!«, murmelte er und lächelte für sich selbst.

Claire spürte seine Präsenz neben sich. Sie bewegte sich nicht mehr und lauschte seinem leise pfeifenden Atem. Seit ihrer Kindheit hatte sie die Gewohnheit, das Leben der Leute zu »spüren«, wie sie sagte, indem sie sich neben sie stellte und sich von ihrer Existenz gefangen nehmen ließ. Das war etwas, das sie nur mit Mühe erklären konnte, lediglich Ishida hatte sie sofort verstanden. Die Präsenz von Monsieur Lebovitz war von ganz besonderer Art. Sein Anzug strömte sehr komplizierte Aromen aus: Küchengerüche, den Geruch des hellen Tabaks, den er unvernünftigerweise rauchte, und des russischen Eau de Cologne, das seine Tochter ihm mitbrachte. Seine fast tote Haut war geruchlos, aber sein zarter und rascher Atem war der eines Mannes, der Frauen umarmt hatte, bevor er wieder das Gewicht eines Kindes bekommen hatte. Monsieur Lebovitz hatte eine intensive intellektuelle Präsenz. Und das war am schwierigsten zu erklären, die unwiderstehliche Tiefe der Intelligenz.

»Wie viel bin ich Ihnen schuldig?«, fragte Monsieur Lebovitz mit sehr großer Ernsthaftigkeit.

»Nichts«, erwiderte Claire.

»Ich bestehe darauf«, erwiderte ihr alter Nachbar streng.

»Wie geht es Ihnen, Monsieur Lebovitz?«, fragte Claire, um vom Thema abzulenken.

»Es geht mir wie einer Weißbuche.«

Das antwortete er immer, oder auch »wie einer Eiche, wie einer Eibe, wie einem Bergahorn«, je nach Laune und Gesprächspartner. Er machte die Concierge verrückt, die seinen Humor nicht verstand. Monsieur Lebovitz beklagte sich nie. Von seiner Tochter hatte Claire erfahren, dass er furchtbar unter Gelenkrheumatismus litt und wegen seiner Schmerzen immer weniger aus dem Haus ging.

»Sie wissen vermutlich, dass man sich, je älter man wird, immer mehr an alte Dinge erinnert«, sagte er. »Wenn also Ihre Kindheit glücklich gewesen ist, Claire, dann wird Ihr Alter es auch sein.«

Claire senkte sprachlos den Blick. Nicht nur Monsieur Lebovitz' Jugend war wegen der erlittenen Gräuel tabu, auch diejenige von Claire war es nicht wert, dass man ihr auch nur eine Träne nachweinte. Monsieur Lebovitz war ein faszinierender Mann. Sie spürte bei ihm eine unterdrückte Wut, die er im Käfig hielt, aus Angst, sie könnte ihn zerstören, so gewaltig war sie.

»Und Sie, meine Liebe, wie geht es Ihnen?«, fragte er.

Hinter dieser Frage versteckte sich eine andere. An Lebovitz gerichtet, lautete sie: »Und, Monsieur Lebovitz, wie steht es mit Ihnen und dem Tod?« Und an Claire gerichtet, lautete sie: »Und, Claire, wie steht es mit Ihnen und den Männern?«

»Gut, gut.«

»Haben Sie mitbekommen, dass wir einen neuen Nachbarn haben?«, sagte Monsieur Lebovitz mit einem Anflug von Besorgnis in der Stimme.

»Ja«, erwiderte Claire zweifelnd.

»Er gefällt mir nicht.«

»Warum?« Claire war überrascht. Ihr alter Freund war der ganzen Erde gegenüber entweder gleichgültig oder wohlwollend.

»Er ist da, er ist nicht da, man weiß nie so genau. Er kommt und geht im Treppenhaus, ohne das geringste Geräusch zu machen, und manchmal bleibt er auf dem Treppenabsatz stehen, als wolle er hören, was bei den Leuten geschieht. Ich denke, er wird nicht lange bleiben.«

»Und warum?«, fragte Claire neugierig.

»Er ist hier, weil er etwas sucht … oder jemanden.«

»In diesem Haus?«

»Ja.« Er schwieg einen Augenblick. »Sie, ich, vielleicht jemand anderen. Die schreckliche Katze der Hausmeisterin …« Er lachte.

»Sie machen sich über mich lustig, Monsieur Lebovitz.«

»Ich weiß nicht … vielleicht.«

Er lachte noch immer, spitzbübisch wie ein Kind. Dann verschloss sich sein Gesicht plötzlich, und er sah Claire mit einer Intensität an, die sie erstarren ließ.

»Es gibt Leute auf dieser Erde, meine Liebe, Leute …« Er verstummte und biss die Zähne zusammen. Seit einiger Zeit kam es vor, dass er Sätze nicht beendete, was er sich früher niemals erlaubt hätte. Er atmete tief durch und stand auf.

»Ich danke Ihnen, Claire. Erlauben Sie, dass ich Sie an einem der nächsten Abende zum Essen einlade, wenn Sie einverstanden sind. Dieser kleine Italiener, der gerade nebenan eröffnet hat …«

»Mit Vergnügen«, erwiderte Claire.

Er sah sie lächelnd an und fügte hinzu:

»Ich bin sicher, Sie sind Jüdin.«

Claire blickte lachend nach oben.

»Ich habe Ihnen doch erzählt, dass mein Vater Bretone und meine Mutter Elsässerin ist.«

Monsieur Lebovitz drehte sich um und öffnete die Tür. Schon im Treppenhaus flüsterte er, als wollte er nicht, dass die Nachbarn ihn hörten:

»Es gibt viele Juden im Elsass. Und ein paar auch in der Bretagne.«

Claire brach in Gelächter aus und wartete, bis er in seiner Wohnung verschwunden war, um die Tür zu schließen. Sie fragte sich, ob Monsieur Lebovitz schon immer diese lange, schmale Narbe gehabt hatte, die sie vorhin hinter seinem Ohr bemerkt hatte. Mit den anderen zu sprechen, kam nicht in Frage, sie jedoch zu beobachten, war ein Fass ohne Boden. Sie schlug ihr Manuskript beim Kapitel »Lendenwirbel« auf und machte sich wieder an die Arbeit.

6

Claire kam gut voran. Ihr Körper ließ sie in Ruhe – Dietrichs »Stille der Organe« –, im Haus war es ruhig. Sie verbrachte ihre Abende zwischen Monsieur Ishida – etwas weniger in letzter Zeit, weil er häufig unterwegs war – und den Filmen von Jean-Luc Godard, die sie fast auswendig kannte. *Die Verachtung* war ihr Lieblingsfilm. Er war quälend wie ein Schwindel, da gab es die Langsamkeiten in Bardots Stimme, die einschmeichelnde Musik, die Weißglut. Claire ließ sich stets von neuem verzaubern, ohne jemals der ewigen Jugend der Schauspieler und der herzzerreißenden Verzweiflung der Bilder überdrüssig zu werden. Sie war empfänglich für den Gedanken, dass man »immer etwas von jemandem erwartet, dass sich alles in diesem Gedanken zusammenfassen lässt und dass alles Übrige kaum von Bedeutung ist«. Sie hatte die Kassette Louise geliehen, die ihr, als sie sie ihr zurückgab, lediglich gedankt hatte, als habe es sich um einen ganz gewöhnlichen Film gehandelt, den man sich zwischen Abendessen und Zubettgehen anschaute. Genau so.

Im Übrigen hatte sich das Verhältnis zu ihrer Nachbarin in letzter Zeit verschlechtert. Eines Morgens hatte ihre Verärgerung eine Grenze erreicht, jenseits derer sie gewöhnlich alle Brücken abbrach. Sie frühstückte gerade bei offenem Fenster, als sie Louise mit sanfter, gewinnender Stimme sagen hörte:

»Wo willst du lieber hin, in den Jardin du Luxembourg oder den Jardin d'Acclimatation?«

Claire war darauf gefasst, Lucie zu hören, aber es kam keine Antwort, und Louise insistierte:

»Du musst es mir sagen. Willst du ins Kino?«

Keine Antwort. Der Ton von Louises Stimme wechselte von honigsüß zu essigsauer.

»Schön, also hör zu, die Sonne scheint, wir gehen in den Jardin du Luxembourg.«

Klappern von Geschirr. Schweigen.

Plötzlich ertönte Lucies Stimme wie die beunruhigte Stimme eines ganz kleinen Kindes in einem Zeichentrickfilm:

»Hat Papa dir nicht gesagt, dass ich zu Mathildes Geburtstag eingeladen bin?«

»Wer ist Mathilde?«, fragte Louises gereizte Stimme. Vermutlich zitterte sie, stellte Claire sich vor, die diese Schwäche bei ihrer Nachbarin immer dann bemerkt hatte, wenn sie sich aufregte.

»Ein Mädchen aus meiner Klasse. Wenn ich nicht hingehe, werde ich nicht mehr ihre Freundin sein. Und außerdem müssten wir ein Geschenk kaufen.«

»Hör zu, mir hat keiner was gesagt. Das mit dem Geburtstag passt mir überhaupt nicht in den Kram. Nein, wirklich nicht.«

Claire war am Boden zerstört. Sie liebte Lucie mit der ganzen Kraft ihres eigenen Grolls einer Kindheit wegen, die ihre Eltern vermasselt hatten.

Lucie Bluard wirkte wie eine Puppe von früher. Sie hatte deren englische Blässe, den winzigen Mund, die pummeligen Hände und Waden, sie blieb dort, wo man sie hinsetzte, auf einem Stuhl, einem Autositz, einem Karussell, stumm ergeben. Ihre großen starren Augen speicherten Bilder, Klänge und endgültige Worte, die sehr viel später das zerklüftete oder glatte Relief ihres Erwachsenenlebens bilden würden.

Claire passte auf das kleine Mädchen auf, wenn die Babysitterin unauffindbar war. Sie unterhielten sich, auf Lucies Bett liegend, dessen Laken einen betörend süßen Geruch ausströmten. Sie sprachen miteinander wie zwei ehrbare Personen, die warteten, bis der andere fertig war, um ihrerseits zu reden. Lucie erwähnte niemals ihre Eltern in den Erzählungen aus ihrem Leben. Claire war ihr Idol, ihr Vorbild, diejenige, die frei war und die ihr sehr lustige Geschichten über die Leute im Haus erzählte, die in der Küche tanzte, während sie ihr das Abendessen machte, und sachte die Jalousie hochhob, um Madame Chevallier auszuspionieren, die sie wegen ihres Pferdegebisses Madame Cheval nannte. Dann ging ihre Freundin wieder, aber sie war niemals weit weg, und das war ein großer Trost für Lucie.

Claire hörte so etwas wie Schluchzen, aber sie war nicht sicher. Das Beste wäre, das Fenster zu schließen, dachte sie. »Gegen Mütter ist man machtlos«, flüsterte sie ihrem Bild im Badezimmerspiegel zu. Sie arbeitete den ganzen Tag, ohne den Kopf zu heben, um diesen Alptraum zu vergessen.

Steif vom stundenlangen konzentrierten Arbeiten, ließ Claire sich ein Bad ein. Sie tauchte in ein heißes Meer aus schillerndem Schaum und begann zu lesen, um die Langeweile zu überlisten, die sich drohend wie schlimme Halsschmerzen ankündigte.

Unsere Vorfahren hielten die Frau wie die Lackarbeiten mit Goldstaub oder Perlmutt für ein Wesen, das untrennbar mit der Dunkelheit verbunden war, und sie bemühten sich, soweit das möglich war, sie ganz und gar in Dunkel zu hüllen; daher diese langen Ärmel, diese langen Schleppen, welche die Hände und Füße mit Dunkel umhüllten, so dass der einzige sichtbare Teil, der Kopf und der Hals, ein bezauberndes Profil bekamen.

Claire schloss die Augen. Ein außergewöhnliches fotografisches Gedächtnis erlaubte ihr, ein Gemälde oder ein Foto in allen Einzelheiten zu sehen, als hätte sie es wirklich vor Augen. Und so erinnerte sie der Text von Tanizaki an einen japanischen Holzschnitt, der sie, lange bevor sie Ishida kennengelernt hatte, in einer Ausstellung buchstäblich in Bann geschlagen hatte. Er stellte eine schlafende junge Frau dar, deren Kopf auf einer ihrer Hände lag … Claire erinnerte sich, dass ihr Kimono rot gesäumt war. Und da war auch Grün. Ihr Teint trat vor dem beigen Hintergrund des Holzschnitts sehr weiß hervor, als habe der Künstler vergessen, seine Arbeit zu beenden. Das Erstaunlichste war ein Rauchkringel, der oben aus ihrer lackierten Frisur herauskam. In der Frisur selbst war der Traum der jungen Frau dargestellt, der von dem Buch inspiriert war, das sie in der Hand hielt. Es war der Traum einer schwierigen Liebe, von ineinander verschlungenen Körpern.

Es läutete an der Tür. Jemand läutete vielleicht schon lange. Sie hatte in diesem dampfenden Schaumbad, in diesen Geishaträumen jedes Zeitgefühl verloren. In letzter Zeit läutet es häufig, dachte sie leicht genervt. Sie stieg aus der Wanne und zog, ohne sich abzutrocknen, die Kleidung an, die sie zurechtgelegt hatte, in der Hoffnung, der ungeduldige Störenfried sei bereits gegangen. Doch er läutete erneut.

»Wer ist da?«, fragte sie ziemlich unfreundlich.

»Paul Rossetti.«

Claire fragte sich einen Augenblick, wer dieser Rossetti sein könnte, bevor sie sich an den Namen auf dem Briefkasten des neuen Nachbarn erinnerte. Dieser Besuch passte ihr überhaupt nicht. Seit er eingezogen war, hatte sie ihn so gut wie nie gesehen. Manchmal dachte sie an ihn, wenn sie ihn gehen oder seine Fenster öffnen hörte, aber immer mit einer gewissen Befangenheit. Im Grunde teilte sie das Gefühl von Monsieur Lebovitz, wenn auch nicht aus den gleichen Gründen. Diese idiotische Idee, dass eine alleinstehende Frau unter einem alleinstehenden Mann wohnte, die eigenartigen Stadteinsamkeiten …

Claire öffnete die Tür, sie konnte einfach nicht anders. Der Mann stand mit einer totalen Selbstsicherheit vor ihr und blickte ihr in die Augen, ohne mit der Wimper zu zucken. Stumm und bestürzt verharrte sie lange Sekunden, derer sie sich jetzt schon schämte, vor dem Unbekannten.

Rossetti deutete ein sonderbar sanftes Lächeln auf seinen harten Gesichtszügen eines Mannes aus dem Norden an. Claire bemerkte, dass er gut roch, dass er frisch gekämmt war, dass er seine Hemden überzeugend, aber ohne großes Talent bügelte und dass seine Fingernägel gewölbt wie Pistazienschalen waren. Er war ein gepflegter, aber alleinstehender Mann, der sich mit dem Eifer eines jungen Mannes zurechtgemacht hatte, um auszugehen. Er begriff, dass Claire ihn nicht hineinlassen wollte.

»In meiner alten Wohnung habe ich über einem jungen Paar gewohnt. Man hat sich guten Tag und guten Abend gesagt. Sie waren sehr fröhlich, ich hörte sie immer singen und lachen. Sie stürmten wie Kinder die Treppe hinab, und wenn sie von der Arbeit nach Hause kamen, wirkten sie so erholt, als hätten sie den ganzen Tag am Strand verbracht. Sie ist schwanger geworden, und das Baby ist auf die Welt gekommen. Es hat fast nie geweint. Eines Sonntagmorgens sind sie umgezogen. Zwei Stunden später waren sie für immer aus meinem Leben verschwunden.«

Claire war sprachlos. Dieser Typ war im Begriff, ihr zu sagen, dass er sie kennenlernen wollte. Und auf eine absolut, absolut… sie fand nicht das richtige Wort. Ohne nachzudenken trat sie beiseite, um ihn hereinzulassen. Die

Anwesenheit dieses Mannes in ihrem Revier war ein wichtiges Ereignis, das sie mit einer Mischung aus Panik und Lachkrampf zu meistern versuchte.

»Setzen Sie sich«, sagte sie. Der Mann war groß und ließ ihr Wohnzimmer kleiner wirken. Er setzte sich auf das Sofa, immer noch mit diesem unschlüssigen sanften Lächeln. »Wollen Sie etwas trinken?«

»Kaffee, danke«, lautete die Antwort, die sie gefürchtet hatte.

Die Kaffeemaschine, die sie niemals benutzte, stand ganz hinten in einem Wandschrank, sie war nicht sicher, ob sie Filtertüten hatte, und ihr Kaffee hatte mit Sicherheit sein Aroma verloren. In ihrer Küche festgehalten, kam es ihr endlos vor, bis der Kaffee fertig war. Die Kaffeemaschine machte Geräusche, als würde sie sich übergeben. Claire holte zwei Tassen heraus und überprüfte ihre Sauberkeit.

Rossetti nutzte Claires Abwesenheit, um sich im Wohnzimmer seiner Nachbarin umzusehen. Zunächst stellte er fest, dass sie einen idealen Blick auf die Wohnung des Japaners hatte. Nicht mehr und nicht weniger als ein riesiger Fernsehschirm, dachte er. Er fand den Raum ziemlich hässlich. Auf dieses Pissgelb an den Wänden konnte nur ein Verrückter kommen. Nachdem er die Glasuntersetzer mit Reproduktionen, die vermutlich in Museen gekauft worden waren, und die auf Trödelmärkten gefundene Nippsachen und Zeitschriften, die auf dem niedrigen Tisch lagen, inspiziert hatte, fällte Rossetti sein Urteil: befriedigte alte Jungfer, Ästhetin ohne Geld, Träumerin. Doch das genügte ihm nicht. Da war noch etwas anderes. Er würde beobachten, zuhören, abwägen, um sich ein Bild zu machen und es herauszufinden. Er hörte etwas fallen und auf dem Küchenboden zerbrechen, dachte daran aufzustehen, blieb dann aber sitzen. Ihre Bestürzung vorhin hatte ihm gefallen, diese Röte, die ihre Wangen hochgestiegen war, wie bei einem echten Wutanfall. Die Art von Frau, die man aus Lust tötet, weil ihre Angst es verlangt, dachte er.

Claire kam mit einem Tablett aus der Küche. Es war ganz plötzlich Abend geworden, wie ein Szenenwechsel auf der Bühne. Rossetti blickte zu Ishidas erleuchteten Fenstern hinüber.

»Japaner?«, fragte der Mann, während er Zucker in seinen Kaffee tat.

»Japaner«, bestätigte Claire. »Er arbeitet bei der japanischen Botschaft.«

»Und was macht er dort?«

Claire mochte es gar nicht, dass ihr Freund als Vorwand diente, um eine Begegnung in Gang zu halten, die sie äußerst fragwürdig fand. Wegen dieses Typen hatte sie gerade eine ihrer englischen Lieblingstassen zerbrochen, die mit Stechpalmen dekorierte *december* von Royal Albert.

»Ich weiß nicht genau«, erwiderte sie.

»Ah ja?«

»Was er macht, interessiert mich eigentlich nicht.«

Eine Art kalte Wut stieg in ihr hoch. Es war jetzt alles

möglich. Rossetti ließ sich von der Frostigkeit seiner Gastgeberin nicht beirren und fuhr fort:

»Wohnt er schon lange hier?«

»Ein paar Monate.« Was geht Sie das an?, dachte sie.

»Kennen Sie ihn gut?«

Claire spürte, dass sie gegen ihren Willen sprach. Warum antwortete sie auf die indiskreten Fragen dieses Unbekannten? Sie hatte sich schon oft gefragt, warum sie sich manchen Dingen nicht widersetzte. Sie begriff nicht, warum sie vorhin diese Tasse hatte fallen lassen, obwohl sie eine halbe Sekunde gehabt hatte, um sie aufzufangen. Sie sagte sich, das müsse der angeborene Sinn für die Unabwendbarkeit sein, den ihre bäuerliche Abstammung ihr eingepflanzt hatte und der dafür verantwortlich war, dass sie zusah, wie ihr englisches Geschirr zerbrach, ohne einzugreifen, oder dass sie wie eine gute Schülerin auf die Fragen ihres Nachbarn antwortete. Das hatte sicherlich mit dieser Legitimitätsgeschichte zu tun, doch Claire stand unter Druck und hatte keine Zeit, das Thema zu vertiefen.

»So lala.«

Ein leicht beklemmendes Schweigen trat ein, während dem jeder vermied, zu Ishida hinüberzublicken.

»Und die anderen?«, fragte Rossetti mit neuem Schwung.

»Welche anderen?«

»All diese Fenster dort, was ist dahinter?«

Claire entspannte sich und deutete ein Lächeln an.

»Oh! Alles.«

»Alles?«, fragte Rossetti überrascht.

»Na ja, ich meine, alle möglichen Leute. Alte, die dank irgendeines bewundernswerten Stolzes überleben, Junge, die sich allein auf Erden glauben, vorübergehende Mieter, die schon wieder woanders sind.« Claire stand auf, ging zum Fenster und deutete mit dem Finger auf ein erleuchtetes Fenster gegenüber. »Dort wohnt eine herzkranke Dame, die die Hausmeisterin auf dem Kieker hat. Sie spricht mit ihr wie mit einer Hausangestellten. Häufig hört Ishida, wie sie nachts hin und her geht und Gegenstände über den Boden rollen lässt, als würde sie Krocket spielen. Dort oben wohnt ein alter Araber, zusammen mit seinem Sohn. Morgens geht der Sohn arbeiten, und er setzt sich auf die Bank vor dem Haus. Er beobachtet die vorbeifahrenden Autos und murmelt irgendwelches Zeug. Stundenlang sitzt er da. Manchmal schwankt er, wenn er in seine Wohnung zurückgeht, ob er schwankt, weil er trinkt oder weil er sich langweilt, keine Ahnung. Daneben wohnt ein alter Jude. Er war Geograph und ist ein sehr gebildeter Mann. Und dort im ersten Stock wohnt ein junger Typ, der seine Nächte vor dem Computer verbringt. Manchmal ist ein Mädchen bei ihm. Nie dieselbe, aber immer der gleiche Typ. Klein, blond, sportlich. Sie gehen joggen, ich begegne ihnen Hand in Hand in den Straßen des Viertels, und dann verschwinden sie, jede die perfekte Doppelgängerin der vorherigen und der folgenden. Tja ... Und dann gibt es auch Schwiegersöhne, Schwiegertöchter, Cousins aus der Provinz, Hunde, Babys ...« Claire wusste nicht mehr, was sie noch sagen sollte, und sprach bewusst langsam, um den anderen daran zu hindern, neben ihr zu existieren.

»Und Sie, wer sind Sie?«, fragte Rossetti und ließ seinen Blick über die Fassade wandern.

»Diejenige, die sich ans Fenster stellt, sobald Geräusche im Hof zu hören sind«, erwiderte sie und kratzte die Luft, um Anführungszeichen anzudeuten.

Er sah sie neugierig an und sagte:

»Nicht sehr lustig, das alles. Aber ich sehe, dass Ihnen nichts entgeht. Wenn im Haus ein Verbrechen geschähe, müsste man Sie als Erste befragen.«

Claires Gesicht verschloss sich. Sie hatte sich für schlau gehalten angesichts ihrer Beschreibung des Lebens im Haus, und dieser Mann machte Konfetti daraus. Sie beschloss zu schweigen und sich ins Schweigen sinken zu lassen. Schließlich war sie zu Hause. Doch dann begann sie sehr schnell wieder zu sprechen, um diesen Raum zu füllen, den er allein durch seine berauschende Präsenz unbewohnbar machte.

»Und Sie, wer sind Sie?«, fragte sie unvermittelt.

Rossetti seufzte.

»Oh! Ich habe das Gefühl, das ist kein guter Anfang!«

»Entschuldigen Sie«, sagte sie und schenkte sich Kaffee nach. Flüchtig erinnerte sie sich an den Tag, an dem sie das letzte Mal Kaffee getrunken hatte. Das war bei dem kleinen Essen nach der Beerdigung von Onkel Roger gewesen, dem großartigen Gärtner, der einen grünen Daumen und einen außergewöhnlich hohen IQ besaß, aus dem er nichts gemacht hatte. Claire lächelte, als sie sich an diesen Verwandten erinnerte, und wandte sich dann wieder ihrem Gesprächspartner zu. Er sah sie an.

»Was machen Sie im Leben?«, fragte Claire.

»Ich bin Physiklehrer«, erwiderte Rossetti.

Claire empfand diese Antwort als Ohrfeige. Wer hat gesagt, dass die Realität die Fiktion stets übertrifft?, dachte sie.

»Ach ja? Und wo?«, fragte sie, auf einmal nicht mehr sehr interessiert.

»Wie, wo?«

»Ich weiß nicht, in einem Lycée, an einer Universität, in einem Collège? Nein, ja, wird Physik schon im Collège unterrichtet?«

»In einem Lycée am Stadtrand.«

»Weit weg?«, fragte Claire aus Höflichkeit.

»Nein. Nicht sehr. Und ich habe nicht jeden Tag Unterricht.«

Claire betrachtete seufzend ihren verstaubten Kronleuchter, der zu hoch hing, um ihn abstauben zu können.

»Ich wäre fast auch Lehrerin geworden«, sagte sie. »Tatsächlich bin ich nach der Uni zwei Monate Lehrerin gewesen. Eine Vertretung in einem Collège. Ich habe es gehasst. Dabei mag ich Kinder. Vielleicht habe ich es nicht ertragen, angeschaut zu werden.« Sie bereute ihre Worte sofort und sprach weiter, um die Idiotie dessen, was sie gesagt hatte, zu überspielen. »Es gibt ein Lycée hier in der Nähe.

Ich sehe die Lehrer oft herauskommen. Sie haben alle etwas gemeinsam. Wissen Sie, was?«

»Eine Aktentasche«, erwiderte Rossetti wie aus der Pistole geschossen.

»Nein«, fuhr Claire fort. »Sie sind hohläugig und haben einen leeren Blick, als hätten sie einen Boxkampf hinter sich.«

»Ich würde eher sagen, einen Wettbewerb in Improvisation. Sie sind eine gute Beobachterin«, riskierte Rossetti.

»Ja, die Menschen interessieren mich«, sagte sie.

»Von weitem ...«

Claire war verstimmt und entgegnete schneidend, den oberflächlichen Eindruck von Entspanntheit zerstörend:

»Das ist ... poetischer.«

Sie fragte ihn in einem Ton, der unmissverständlich »hau endlich ab« zu verstehen gab, ob er noch Kaffee wolle.

»Nein, danke. Und Sie, was machen Sie?«

»Ich redigiere Manuskripte für einen Verleger.«

»Jetzt verstehe ich besser. Sie arbeiten zu Hause, die Nase den ganzen Tag in den Büchern ...«

»Ja, und?«

»Oh, nichts! Ich habe mich nur gefragt, wie Sie leben. Ich sehe Sie im Treppenhaus mit Ihrer kleinen Aktentasche. Im Hof mit ihrer Mülltüte. Sie leben sehr zurückgezogen in diesem Haus, mit Ihren Büchern, wie ...«

Er wollte sagen, wie die Alten, traute sich aber nicht. Warum diese Aggressivität zwischen ihnen? Sein Ziel war es, ihr Vertrauen zu gewinnen, und er stellte fest, dass er genau das Gegenteil erreichte. Claires Blick war erloschen wie das Licht, das man in einem Raum ausschaltet, den man verlässt.

Sie stand auf, um ihm zu bedeuten, dass die Unterhaltung beendet war. Sie fühlte sich total kaputt. Diese Bemerkungen über die Bücher, immer die gleichen seit Jahren, waren deprimierend.

»Ich wollte Sie nicht verletzen«, sagte Rossetti und stand ebenfalls auf.

»Ich bin daran gewöhnt. Die Leute, die nie ein Buch öffnen, machen immer die gleichen spitzen Bemerkungen über Leute, die lesen. Das ist ein bisschen ermüdend, das ist alles.«

»Und was antworten Sie ihnen?«, fragte Rossetti, um sie zu ermutigen, damit diese Begegnung nicht in einem totalen Fiasko endete, und um eine mögliche zweite vorzubereiten.

Claire nahm zwei Bücher aus einem Regal, eines in jede Hand.

»Dieses Buch und das hier unterscheiden sich ebenso sehr voneinander wie Sie und ich. Mit den Büchern sind Sie an einem Tag mit jungen jüdischen Intellektuellen 1912 in Prag und am nächsten 1823 in Tokio und plaudern mit Geishas in einem Teehaus, 1930 in den schönen Vierteln von Paris oder 1896 in New York im Kopf eines jungen ehrgeizigen Nichtadeligen … Welcher Mensch könnte mir solche Reisen bieten, welches Leben würde mir so viele Begegnungen ermöglichen?«

Claire schwieg. Ihr Herz klopfte heftig. Das war ein Thema, das sie möglichst vermied, weil es sie so aufregte. Mit Legrand konnte sie manchmal darüber sprechen, so wie man in einem Zug in die Provinz oder spätabends nach einem Cocktailempfang im Taxi fachsimpelt.

»Und verkneifen Sie sich die Bemerkung, das Lesen erlaube einem, der Realität zu entfliehen«, fügte sie hinzu.

Claire öffnete die Tür und sagte noch, als er schon im Treppenhaus war:

»Ich frage mich oft, was der Auslöser dafür ist, dass man liest oder nicht liest. Woran es liegt … Es ist wie die erste Zigarette. Manchen mögen es sofort, und andere husten und rühren nie wieder eine an.«

Sie sahen sich lächelnd an, erleichtert, dass es ihnen gelungen war, Frieden zu schließen. Claire senkte den Blick und sagte:

»Leute, die die ganze Zeit lesen, sind nicht sehr beliebt. Ich bin sicher, dass Sie sich nie spitze Bemerkungen über Ihr Interesse für die Physik anhören mussten. Es muss eine Hierarchie der akzeptablen Leidenschaften geben … Vielleicht.«

»Bei jemandem, der liest, hat man immer den Eindruck, er brauche niemanden. Und niemand fühlt sich gern nutzlos«, sagte er aufs Geratewohl.

Claire dachte nach.

»Ach, sprechen wir nicht mehr darüber! Wie auch immer, es ist nicht weiter schlimm.«

Sie unterdrückte ein Gähnen, ob echt oder vorgetäuscht, schwer zu sagen.

Rossetti reichte ihr die Hand. Sie drückte sie. Eine starke, hagere Hand.

»Komische Nachbarin«, murmelte er, während er sich entfernte.

Er ging ein paar Stufen hinauf und drehte sich dann um. Claire sah ihm nach. Etwas verlegen lächelte sie ihm zu.

»Hören Sie …« Sie zögerte. »Wir können uns wiedersehen, ein andermal … Im Augenblick habe ich viel Arbeit, ich bin mit den Gedanken woanders. Aber, na ja …«

»Spielen Sie Schach?«

»Schach? Äh, ja, ein bisschen. Es ist lange her … Also gut, spielen wir dieser Tage mal Schach«, erwiderte Claire ohne große Überzeugung. »Gute Nacht.«

Sie schloss die Tür, zog sich aus und ging mit einem Buch zu Bett, in das sie sich wie besessen vertiefte, um ihre Gedanken daran zu hindern, um diese unmögliche Begegnung zu kreisen, die sie gerade gehabt hatte.

7

Sich ernähren war eine schreckliche Aktivität, der Claire so wenig Zeit und Energie wie nur möglich widmete. Sie kaufte regelmäßig Tiefkühlkost in den Supermärkten des Viertels ein, und ihr Kühlschrank glich einem Regal, wo die Schachteln mit Fertiggerichten sich wie Bücher stapelten. In ihrer Kindheit waren die Mahlzeiten Rituale gewesen, in deren Verlauf die Unterhaltungen sich um die Qualität des Tagesmenüs drehten und darum, was man am nächsten Tag essen würde. Sie sah ihre Mutter wieder vor sich, wie sie, die Schürze umgebunden, in der Küche stand, eine große, nervöse rothaarige Frau, eine helle Gauloise im Mund. Sie sah wieder, wie sie, so wie man eine Beleidigung brüllt, wütend den Teller ihrer Tochter in den Mülleimer donnerte, weil diese sich geweigert hatte zu essen. Claire aß, um sich zu ernähren, und warf jetzt selbst die Tiefkühlgerichte weg, die sie nicht aufaß.

Sie machte ihre Einkäufe in der stets sehr belebten Geschäftsstraße ihres Viertels. Dort begegnete man jungen Angehörigen des Bürgertums, die neu in die Gegend gezogen waren. Babys in ultramodernen Kinderwägen vor sich her schiebend und angelsächsische Zeitungen unter den Arm geklemmt, waren sie schön, groß und kosmopolitisch, wie in der Fernsehwerbung für neue Technologien. Männer und Frauen kümmerten sich gleichermaßen um die Kinder, die Pärchen sprachen ruhig und bedächtig und blickten sich in die Augen. Durchschaubarer denn je, lief Claire im Zickzack durch die eisigen Regalreihen des Supermarkts und bediente sich in aller Eile dort, wo die anderen sich Zeit ließen, um die Etiketten zu lesen und zu überprüfen, ob die Zutaten nicht gefährlich für ihre fabelhafte Gesundheit und die ihrer kostbaren Nachkommenschaft waren. Ohne es zu wissen und zu wollen, drängten diese gelungenen Mutanten sie an den Rand. Sie besaßen weder Bildung noch intellektuellen Scharfsinn, aber die Welt war auf ihre Bedürfnisse zugeschnitten. Zu Hause wurden sie umschmeichelt. Claire mochte sie nicht, beneidete sie aber auch nicht. Sie waren nicht mehr als ärgerliche Usurpatoren und Eindringlinge, die sie nicht zum Träumen brachten. Ihr vor die Nase gesetzt, hatten sie dieses früher so ruhige Viertel kolonisiert und eine Unmenge von unerschwinglich teuren Modegeschäften, Optikern für superreiche Kurzsichtige und weiß-orangen Schnellrestaurants hergebracht. Claire fühlte sich ein bisschen wie eine Zwergin neben diesen großen kompetenten Mädchen mit ihren perfekten Gebissen, aber sie wusste, dass sie an der Spitze einer wunderbaren Flottille stand, deren Existenz diese Frauen nicht einmal ahnten.

Nach dem klimatisierten Alptraum des kleinen Supermarkts fand Claire in der sonnigen Straße wieder eine normale Temperatur vor. Ein nahes »Claire!« drang an ihr rechtes Ohr. Louise Bluard sonnte sich auf der Terrasse eines Cafés.

»Hast du fünf Minuten?«, sagte sie, lasziv, sanft und bestimmt. Sie nahm bereits ihre Tasche und Jacke von dem Stuhl neben ihr.

»Ich muss mit dir reden«, sagte sie und winkte dem Kellner. »Es ist wichtig.«

Claire bestellte einen Tee mit Zitrone und blickte ihre Nachbarin an, auf alles gefasst. »Louise am Wochenende« unterschied sich kaum von »Louise während der übrigen Woche«. Die Schminke war vielleicht etwas leichter, das Haar etwas weniger füllig, die Absätze etwas weniger hoch. Die Aufmachung aber war die gleiche, denn Louise war ein Fertigprodukt, dessen gute Qualität kaum schwankte. Sie bevorzugte durchscheinende Töne, die die Blässe ihres Teints unterstrichen, und weiche Stoffe, die ihre bereits sehr verlangsamten Bewegungen noch lasziver machten. Seide, Satin, Samt, Musselin und Ziegenleder glitten über ihre zarte Haut einer Heroine des *film noir* und strömten betäubende Vanilledüfte aus. Sie war das Gegenteil der modernen Passantinnen, die ihr dichtes Haar mit einer plötzlichen Bewegung nach hinten warfen und wie kräftige blonde Afrikanerinnen ruhige Kinder an ihrem Körper trugen. Louise nervte Claire, doch in gewisser Weise stand sie auf Louises Seite. Auf verschiedenen Gebieten waren beide Widerstandskämpferinnen.

»Es scheint dir ja blendend zu gehen«, sagte Louise begeistert und sah Claire scharf an.

Das bedeutet nichts Gutes, dachte Claire. Auf eine derartige Bemerkung folgte fast unweigerlich ein langes Gejammer oder die Bitte, ihr einen Gefallen zu tun.

»Geht so«, erwiderte Claire und dankte dem Kellner mit einer Kopfbewegung.

»Hast du gesehen, die Wohnung im dritten Stock ist vermietet.«

Das Thema »Claire geht es gut« war erledigt. Louise legte ihre Karten nie offen auf den Tisch. Die anderen mussten herausfinden, was sie ausheckte. Sie log, wie man atmet, ganz natürlich und ohne Skrupel. Sie war der Meinung, lügen sei eine unerlässliche Praxis, wenn man in gutem Einvernehmen mit seinen Mitmenschen leben wollte. Dumm, wenn es nötig war, brillant, wenn es sich lohnte, manövrierte sie auf Sicht und nicht ohne Talent zwischen den Geschichten, die sie sich erfand, und der Realität, die ihr einen schwachen Widerstand entgegensetzte. Neben ihr sitzend, spürte Claire ihre besondere Präsenz, das wunderbare Parfum dieser schwer fassbaren Frau, die leicht wie eine Feder, berechnend und scharf wie eine Stahlklinge war.

Claire war neugierig, worauf Louise hinauswollte, was Rossetti betraf. Alle Männer interessierten diese Frau, denn alle trugen eine Lösung für sie selbst in sich, die sie erfahren wollte.

»Er ist nicht schlecht, oder? Eine willkommene Abwechslung von all diesen Alten!« Claire sagte nichts. »Er sieht ziemlich gut aus«, legte Louise nach. »Findest du nicht? Ernsthaft …«

Claire schenkte sich Tee ein, verzog das Gesicht zu einer Grimasse, deren Deutung sie Louise überließ, und sagte:

»Er war gestern Abend bei mir. Er wollte mich kennenlernen.«

»Was?«

Ein heftiger Blitz ließ für einen Augenblick Louises Schlafzimmerblick aufleuchten. Gewöhnlich verschloss sie die Augen vor der Tatsache, dass ihre Nachbarin, diese falsche alte Jungfer, es manchmal mit Kerlen trieb. Dennoch war da dieser unverschämt gut aussehende Typ gewesen, der zwei Jahre lang in seinem Wagen auf eine Claire im Rock und mit Lippenstift und Lidschatten, auffällig wie Werbeaufkleber, gewartet hatte. Und danach dieser dunkelhaarige Hidalgo, der sie auf seinem Motorroller spazieren gefahren hatte, ein Osteopath für alte Schachteln. Und Ishida? Schlief sie mit dem Japaner?, fragte sich eine vor Wut fast platzende Louise. Sie fasste sich wieder. Der Typ im Jaguar hatte sie verlassen, der Osteopath war so gut wie verschwunden, und was Ishida betraf, so glaubte sie nicht so recht daran. Aber Rossetti …

»Er ist Physiklehrer und spielt Schach. Er ist geschieden und bringt es nicht fertig, liebenswürdig zu sein. Wenn du willst, stell ich ihn dir vor.«

»Nein, nein. Ich bin ein großes Mädchen. Ein Lehrer, sagst du? Oh! Scheiße!«, erwiderte Louise.

Sie schwiegen einen Augenblick. Claire hatte die Nase in ihrem Tee. Louise ließ neugierig ihre Blicke schweifen und schlürfte mit eleganter Langsamkeit ihren Kir royal.

»Weißt du, Claire, mit Antoine wird es immer schlimmer. Ich habe Angst.«

»Angst?«, entgegnete Claire lachend.

»Ja, Angst«, bestätigte Louise. »Weil er mich verrückt macht. Antoine ist pervers, er hat es auf mich abgesehen. Lucie sieht mir nicht mehr ins Gesicht. Ich komme kaum noch an sie heran. Sie haben sich gegen mich verbündet.«

Claire dachte nach. Sie hatte in der Vergangenheit schon mehrere Freundinnen verloren, weil sie offen ihre Meinung zu einem Tabuthema gesagt hatte: dem Status der Mütter. Die Statue der Mütter, dachte sie gern. Dennoch beschloss sie, dieses Thema auf eigene Gefahr anzusprechen, Lucie zuliebe, die sie so sehr liebte.

»Weißt du, Louise, du hast das Recht, wir haben alle das Recht … nicht … wie soll ich sagen … das zu sein, was man eine Mutter nennt.«

Sie spürte, wie sich Louises Körper neben ihr verspannte. Sie starrten beide auf ein Plakat an der Mauer gegenüber, eine riesige Werbung für eine Antifaltencreme.

»Du warst eine Frau, die sich von allen anderen unterschied, und plötzlich, von heute auf morgen, wird von dir verlangt, eine Mutter zu sein, eine ganz normale Mutter … Manche finden sich ganz natürlich in diese Rolle hinein, wie eine Verlängerung ihrer Kinderspiele, und andere nicht. So ist es eben.«

Louise zog langsam eine Zigarette aus einem Päckchen, das neben ihrem Kir royal lag, zündete sie an, machte einen langen Zug, ließ den Rauch zum Himmel steigen und sah Claire ruhig und neutral an.

»Ich verstehe schon, ich bin eine schlechte Mutter.«

»Immer heißt es gleich gut, schlecht! Nein!« Lucies schönes trauriges Gesicht schob sich zwischen ihre Worte und ihre angespannten Nerven. »Du willst nichts von deiner Tochter wissen, und du bist dir dessen bewusst, aber das ist eine so schreckliche Vorstellung, dass du sie dir verbietest. Du findest sie nicht so hübsch wie dich, sie rührt dich nicht, du erkennst in ihr nichts von dir. Sie funktioniert schlecht, wie ein defektes und kompliziertes Gerät, von dem du nichts verstehst. Sie langweilt dich, sie ist dir lästig.«

»Hör auf!«, rief Louise. Sie schlug auf den Tisch und zog die Blicke einiger Gäste auf sich, die sie noch nicht entdeckt hatten. Dann trank sie ihr Glas aus und fügte ruhig und sanft hinzu: »Alles, was du sagst, ist falsch. Antoine ist schuld. Ich tue, was ich kann, damit alles in Ordnung ist und ich meinen Platz an diesem … an diesem … Ort finde.«

Claire dachte: Hölle. Sie fühlte sich mit einem Mal müde und angeekelt. Da es Wahrheiten gibt, die man besser nicht aussprach, hatte sie wieder einmal eine Gelegenheit verpasst, den Mund zu halten. Louise hatte Claires Worte noch nicht verdaut. In ein paar Stunden würde sie sie vielleicht hassen, dachte sie.

»Und du schaffst es nicht«, fuhr Claire fort. »Wenn du diesen Gedanken akzeptieren würdest, könnte alles anders und erträglicher werden.«

Während sie redete, sah sie Paul Rossetti an der Riesencreme vorbeigehen. Sie nickte ihm zu, und er nickte diskret zurück. Sie wollte nicht, dass Louise ihn bemerkte.

»Antoine hat nicht das Recht, dir Schuldgefühle einzureden … Denk doch mal nach. Vielleicht wärest du ohne sie glücklicher … wenn du sie nur von Zeit zu Zeit sehen würdest … in einer anderen Rolle.«

Claire sah Rossetti nach, der sich entfernte. Sie versuchte, ihn sich vor einer Klasse vorzustellen. Aber die Vorstellung kam ihr so absurd vor, dass es ihr nicht gelang.

»Unmöglich, unmöglich, unmöglich«, murmelte Louise und trommelte mit ihrem Feuerzeug auf den Tisch. »Weißt du, meine Cousine Erica, die in London lebt, ich hab dir von ihr erzählt, hat diese Entscheidung getroffen. Sie sind alle drei nach Frankreich zurückgekehrt. Sie ist in England geblieben. Und ich kann mir nicht helfen, ich finde ihre Entscheidung schrecklich. Das liegt wahrscheinlich an meiner Erziehung.«

»Ich denke, dass es mutig von ihr war zu akzeptieren, dass sie nicht dafür geschaffen ist, sich um ihre Kinder zu kümmern. Mutter sein ist eine Kompetenz, die man hat oder nicht hat.«

Claire hatte genug von dieser Diskussion, die zu nichts führte. Es war immer das Gleiche mit Louise. Sie richtete es stets so ein, dass sie recht hatte. Gejammer, Seufzer und dramatische Ausbrüche auf der Tonspur ihres bürgerlichen Lebens verliehen ihrer Präsenz eine Ästhetik, die ihr genügte. Als wollte sie bestätigen, dass Claire im Kern recht hatte, reckte Louise sich, seufzte leise und gurrte mit geschlossenen Augen:

»Die Sonne tut gut, nicht wahr?«

Sie verharrte einen Augenblick in dieser genießerischen Anbetung des Augenblicks. Claire, die angespannt neben ihr saß, dachte bei sich, dass sie wieder einmal von dieser gefährlichen Frau hereingelegt worden war, für die Worte im Grunde keine Bedeutung hatten, die sie wie wertlosen Krimskrams austauschte. Sie verfügte über ein persönliches Gegengift: einen grenzenlosen Egoismus, der sie vor allem schützte. Und Claire bekam all diese bissigen, harten und zugespitzten Worte, Wahrheiten und Kritiken, die Louise ihr an den Kopf geworfen hatte, wieder einmal voll ab. Ihr Tee war inzwischen kalt. Sie sehnte sich nach Ishidas Schweigen, nach seinem wohlwollenden Blick. Selbst sein verschlossenes Lachen fehlte ihr.

»Fährst du diesen Sommer weg? Fährst du zu deinen Eltern?«, fragte Louise.

Das war vielleicht das Gesprächsthema, das Claire am meisten fürchtete. Sie hasste Urlaub, sie reiste nicht gern, und sie mochte auch nicht, dass die andern reisten. Sie weckten Schuldgefühle in ihr, weil sie mit dem Reisen Schwierigkeiten hatte. Früher hatte sie vage organisierte Reisen mit Freunden ausprobiert. Ihr Körper war ihr mit all seinen Leiden gefolgt, und sie war dabei gewesen, ohne an der Wiedergeburt der anderen im Kontakt mit den neuen Eindrücken teilzuhaben. »Ich hüte jetzt das Haus«, sagte sie, um jeder Diskussion aus dem Weg zu gehen.

»Und du?«

»Wir fahren nach Sainte-Maxime. Wie jedes Jahr, ich werde mich schrecklich langweilen. Antoine wird sich langweilen, und Lucie wird sich langweilen.«

Louise lachte. Claire hatte das Gefühl, dass ein Typ, der am Nebentisch allein mit seiner *Le Monde* saß, häufig in ihre Richtung schaute. Und da begriff sie. Seit sie gekommen war, baggerte Louise ihren Tischnachbarn an. Claire fühlte sich betrogen und manipuliert. Wütend griff sie nach der Rechnung und holte ihr Portemonnaie heraus.

»Es wird leer werden im Haus, alle fahren weg«, sagte Louise und wühlte in ihrer Tasche.

Claire suchte den genauen Betrag zusammen, um ihren Tee zu bezahlen.

»Ja, wir werden zu dritt zurückbleiben, die Concierge, Ishida und ich.«

»Hmm, bist du sicher? Ich habe vorhin gesehen, wie dein Lieblingsnachbar mit einem großen Koffer im Taxi weggefahren ist. Er schien es sehr eilig zu haben.«

Louise drehte sich leicht zur Seite, um dem Mann am Nebentisch ihr Gesamtprofil und ihre Schauspielerbeine zu präsentieren.

Ishida weggefahren … Unmöglich, dachte Claire. Natürlich hatte sie von Anfang an gewusst, dass der Zauber ihrer Geschichte gerade darin bestand, dass sie nicht wirklich real war und keinen richtigen Anfang und kein richtiges Ende hatte. Doch sie konnte nicht glauben, dass er wegfahren würde, ohne ihr Bescheid zu sagen.

»Ich komme mit dir«, sagte Louise.

Claire entfernte sich, um ihrer Freundin Gelegenheit zu geben, dem Mann mit der *Le Monde* noch einen Blick, ein Lächeln oder irgendetwas von sich zu schenken, was eine Unterschrift für ein Hotelzimmer rechtfertigte. Unterwegs teilten sie sich ein knuspriges Stück Baguette, Louise ziemlich glücklich darüber, dass sie lebte, und Claire traurig über die Grenzen hinaus, die sie sich zugestand. Im Hof trennten sie sich sofort.

In der Diele ihrer Wohnung trat Claire auf einen kleinen weißen Umschlag. Sie öffnete ihn und las mit lauter Stimme:

Liebe Claire,
ich bin für ein paar Tage weggefahren. Tun Sie es auch. Ich werde mich bei Ihnen melden.
Ishida Tatsuo

Mit dem Lächeln ihres japanischen Nachbarn auf ihrem Gesicht fragte sie sich, ob er nicht verrückt geworden war. In einer Ecke ihres Kopfes hörte sie das Lachen ihres Freundes wie das Quietschen von Kreppsohlen auf Fliesen. Warum sollte ich wegfahren?, fragte sie sich. Claire hasste Rätsel, Scharaden, Bilderrätsel, alles, was in irgendeiner Weise »gelöst« werden musste. Sie begriff nie, was da von ihr verlangt wurde, und manchmal blieb ihr selbst die Lösung unverständlich.

Aus einer Schublade ihres Schreibtischs nahm sie den Zweitschlüssel, den Ishida ihr vor ein paar Tagen gegeben hatte. »Man weiß nie bei Madame Courtois über mir, sie kann vergessen, den Wasserhahn ihrer Badewanne zuzudrehen.« Natürlich hatte Ishida gelacht. Sie verließ ihre Wohnung und begab sich Hals über Kopf in den zweiten Stock des Hauses gegenüber. Dort öffnete sie die Tür zur Wohnung des Japaners und fragte sich erst jetzt, was sie hier eigentlich zu suchen hatte. Letzten Endes hatte er ihr seine Wohnungsschlüssel gegeben, damit sie sie benutzte, aber wozu? Was wollte er ihr zu verstehen geben? Dass sie sich wie zu Hause fühlen sollte? Dass sie Teil seines Lebens war? Oder einfach nur, dass sie seine Post aus dem Briefkasten holte und auf die Ablage in der Diele legte?

In Ishidas Wohnzimmer setzte sie sich auf ihren gewohnten Platz, den Blick verloren im Weiß des Sofas ihr gegenüber. Es herrschte tiefe Stille, alles war in Ordnung, nichts bewegte sich. Sie blieb einen Augenblick sitzen, unschlüssig und in Gedanken ganz in ihrer Geschichte mit diesem eigenartigen Mann, der sie gelehrt hatte, wenigstens einem Menschen zu vertrauen. Sie erhob sich vorsichtig, als wollte sie vermeiden, Dämonen zu wecken, und begab sich in den einzigen Raum der Wohnung, den sie nicht kannte.

Ishidas Schlafzimmer war vollkommen weiß, mit Ausnahme eines mit großen roten Blumen bedruckten japanischen Seidenstoffs, der sein Bett bedeckte und, auf einem niedrigen Tisch, eines ultramodernen Weckers und eines

Buches auf Japanisch. Claire öffnete die Tür eines Kleiderschranks, in dem mehrere graue und schwarze Anzüge neben Kimonos hingen, die sie ihn niemals hatte tragen sehen. Es war, als entdecke sie weibliche Kleidungsstücke in einem Männerschrank. Sie strich über die mit raffinierten geometrischen Mustern bedruckten Seidenstoffe. Ihr Blick blieb an einem blauen moirierten Kimono hängen, der wie ein Tier durch ihre Finger glitt. Sie nahm ihn aus dem Schrank. Und mit dem traurigen und schuldbewussten Ernst eines einsamen Vergnügens zog sie den Kimono an und betrachtete sich mit zugeschnürter Kehle lange im Spiegel. Sie sagte sich, dass Ishida nicht verschwinden und sie mit seinen Kimonos zurücklassen konnte. Sie hängte das Kleidungsstück sorgfältig wieder in den Schrank, schloss die Tür und setzte sich aufs Bett. Sie wusste noch immer nicht, was sie da zu suchen hatte, aber in diesem Bett zu schlafen, dachte sie, war schon sehr verlockend.

Dann ging sie ins Arbeitszimmer, durchsuchte die Schubladen und Regale und öffnete Akten, die alle in japanischen Buchstaben geschrieben waren. Im Bücherregal standen Kunstbücher neben technischen Büchern in mehreren Sprachen: Japanisch, Englisch, Französisch, Deutsch. Es war ein neutraler Ort ohne Seele und Persönlichkeit.

Zurück im Wohnzimmer, ließ sie ihren Blick über die Fassade des Hauses gegenüber wandern, auf der Suche nach einem Zeichen. Da erinnerte sie sich an Rossettis Verhör. Sie vergegenwärtigte sich seine hinterhältigen Fragen, bekam Angst und spürte, wie ihr das Blut in den

Adern gefror. Eine Reihe psychosomatischer Symptome versuchten sie in ihrem Schwung zu bremsen. Sie tat so, als ignoriere sie die ziemlich heftigen Schmerzen, die ihr den Magen einschnürten, denn sie war drauf und dran, an dem Spiel Gefallen zu finden, Claire auf eine andere, neue Weise zu sein.

Sie setzte sich auf das weiße Sofa, diesmal auf Ishidas Platz, als wollte sie ihn in sich aufnehmen. Sehr vage nahm sie Spuren des leichten Parfums ihres Freundes wahr, die noch in den Kissen hingen. Die Wohnung des Japaners war perfekt aufgeräumt. Sie erinnerte sich an eine Unterhaltung, in der sie über ihren Geschmack gesprochen hatten und über die Verachtung, die sie beide für die Ordnung empfanden. Sie hatte ihm erzählt, dass sie ihre Bücher im Bücherregal streng alphabetisch ordnete. Er hatte sie daran erinnert, dass die Unordnung in einer ordentlichen Welt gefährlich sei, weil sie sich in ihren Falten verliere. »Aber ein verlorenes Buch ist in einer aufgeräumten Bibliothek schwerer wiederzufinden als in einer unordentlichen«, hatte er ihr erklärt. Die Unruhe verwandelte sich in echten Schmerz, der sich in ihrem Kopf direkt über den Halswirbeln ansiedelte.

Sie machte eine letzte Runde durch die Wohnung, bevor sie sie verließ. Im Treppenhaus begegnete ihr Madame Courtois, die vor sich hin lachte. Vermutlich erzählte sie sich eine lustige Geschichte.

8

»Wer ist da?«, fragte Claire und schleuderte ihre Hausschuhe unter das Bücherregal in der Diele.

»Paul.«

Paul, nur Paul. Wie ein Freund, der einfach so vorbeikommt und Paul sagt, weil es nur einen Paul gibt. Claire mochte die Männerstimmen, fast alle. Die von Rossetti hatte einen tiefen Klang, der einen ermunterte zu gehorchen, einfach um zu sehen. Sie öffnete die Tür. Rossetti hatte ein Holzkästchen in der einen Hand und eine Tafel Schokolade in der anderen. Er lächelte wie ein Junge.

»Sonntag, Schach und Schokolade«, sagte er und trat ein.

Er setzte sich auf das Sofa, auf den gleichen Platz wie das letzte Mal. Claire kannte die Plätze all derer, die sie bei sich duldete. Die Hausmeisterin und Antoine zogen es vor, in der Diele stehen zu bleiben, Madame Courtois wählte den blauen Sessel, Monsieur Lebovitz den ockerfarbenen, Lucie den Teppich, Louise nahm auf dem Sofa den Platz an der Wand ein, und jetzt Rossetti auf demselben Sofa den Platz am Fenster. Claire fand das Geheimnis der Reviere sehr poetisch.

Sie ging Kaffee machen und betete, dass ihr Nachbar ihr

nicht folgen würde. Die Küche war seit Tagen nicht aufgeräumt: Geschirr in der Spüle, klebrige Ränder auf dem Tisch, Krümel auf dem Fußboden und dunkle Flecken um den Mülleimer. Claire war nicht pingelig, aber die Unordnung ärgerte sie. Sie konnte mehrere Tage einen Fleck auf dem Tisch oder eine Staubflocke unter einem Möbel ignorieren. Während die Kaffeemaschine ihre schwarze Brühe ausspie, kehrte sie zu Paul ins Wohnzimmer zurück. Er blickte aus dem Fenster.

»Warum lassen Sie Ihre Vorhänge offen? Stört es Sie nicht, dass alle Sie sehen können?«

Claire wollte wiederholen, was Ishida ihr über die Empfindlichkeit der Nachbarn gesagt hatte, auf die man Rücksicht nehmen müsse. Aber dann zog sie es vor zu schweigen. Ihre geheimen Unterhaltungen mit ihrem japanischen Freund sollten geheim bleiben wie ein von Aberglauben bedrohter Zauber. Rossetti fragte nicht nach und setzte sich wieder auf seinen Platz. Claire holte den Kaffee. Rossetti öffnete das Kästchen mit den Schachfiguren und stellte sie auf. Sie schenkte den Kaffee wie im Traum ein. Was macht der Typ bei mir?, dachte sie. Und dann erinnerte sie sich an ihr Programm vom vergangenen Sonntag, gleichsam als Antwort auf ihre Frage: Sie hatte allein mit einer Literaturzeitschrift auf der Île Saint-Louis zu Mittag gegessen, dann Kino in Saint-Michel – *Breakfast at Tiffany's* wegen der euphorisierenden Szene in New York am frühen Morgen –, Rückkehr nach Hause, Besuch bei Monsieur Lebovitz, um die Zeit rumzubringen, ein ganzer Tag gehüllt in einen leichten Mantel aus Langeweile, mit zugeschnürter Kehle und dem Gefühl, in Zeitlupe zu leben.

»Erinnern Sie sich an die Regeln?«

»In etwa«, sagte Claire, Paul so nah, dass sie alle Nuancen seiner Atmung hörte. Sein Blick auf ihr war unerträglich. Sie konzentrierte sich auf die Figuren. »Aber wir spielen ja nur zum Spaß, oder?«

Er erstarrte. Sie hob den Kopf und begegnete seinem Blick, in dem sie Verzweiflung zu erkennen glaubte.

»Was machen Sie nicht zum Spaß?«

»Warum sagen Sie das?«, fragte Claire überrascht.

»Ich habe das Gefühl, dass es Ihnen schwerfällt, irgendetwas ernst zu nehmen«, erwiderte er und bewegte seinen Turm vorwärts.

Abgesehen von den Spielregeln hatte Claire keine Ahnung vom Schach. Sie erinnerte sich, dass es unerlässlich war vorauszudenken, aber das war ihr nie gelungen, so wie sie sich nie die Mühe gemacht hatte, ihre Trümpfe beim Belote zu zählen oder sich beim Rommé die Karten anzuschauen, die die anderen ablegten. Als Kind hatte sie alle genervt, wenn sie gewonnen hatte, ohne sich an die Regeln zu halten. Sie rückte einen Bauern zwei Felder vor, einfach so. Rossetti begriff sehr schnell, dass sie nicht spielen konnte, brach das Spiel aber nicht ab, weil er ein Mann war und weil ein Mann eine Partie, die er begonnen hat, immer beendet.

»Wir nehmen nicht die gleichen Dinge ernst«, erwiderte Claire.

Rossetti sah sie mit einer Eindringlichkeit an, die sie verlegen machte.

»Ihre Welt kommt mir doch ein bisschen kindlich vor.«

»Danke. Können die Springer sich nach hinten bewegen?«

»Ja, alle Figuren bis auf die Bauern.«

»Das Kanonenfutter«, sagte sie. Dann, nach einer nachdenklichen Pause: »Kindlich, sagen Sie …«

Claire verlor zahlreiche Figuren. Rossetti spielte jetzt praktisch allein, lächerlich gemacht durch die Inkompetenz seiner Gegnerin.

Als sie ihren letzten Springer in den Schlachthof schickte, beschloss Claire zu kontern. Rossettis Taktik war ihr ein Rätsel, seine Aggressivität machte keinen Sinn. Warum wollte er wissen, wie sie funktionierte? Warum kritisierte er sie so? Er war nicht nett, er war nicht höflich. Alles deutete darauf hin, dass er sie unerträglich fand, und doch war er da, bei ihr, wütend über ihren Mangel an Ernsthaftigkeit, ihr miserables Schachspiel und ihren Dilettantismus. Doch sie hatte so selten die Gelegenheit, über ihr Leben ausgefragt zu werden und über sich zu reden, dass sie weitermachte, auch wenn dieser Typ ihr Vertrauen nicht verdiente.

»Es stimmt, ich bin ein Gewohnheitsmensch. Ich mag es, jeden Tag die gleichen Dinge zu tun, die gleichen Eindrücke wiederzufinden, die gleichen Gesten. Ich mag die Reglosigkeit der Gegenstände, ihre Ruhe. Ihre Treue bereitet mir große Freude. Ich verbringe viel Zeit mit Betrachten. Ich setze mich, da auf Ihren Platz, richte den Blick auf die Holzkugel auf dem Kamin und rühre mich nicht mehr. Jeden Tag betrachte ich dieselben Dinge, blicke aus demselben Fenster, gehe zur gleichen Zeit durch dieselben Straßen. Und ich fühle mich nicht im Geringsten schuldig.«

Sie hatte schnell gesprochen und mit provozierender Selbstsicherheit. Die Langeweile, die Schattenseite ihres Lebens, drückend wie eine schwere Last, ließ sie unerwähnt. Sie wandte sich wieder dem Spiel zu.

»Ich werde Ihren Läufer schlagen!«, verkündete sie.

Wie man Kinder gewinnen lässt, um sie bei der Stange zu halten, so hatte Rossetti seine Lieblingsfigur geopfert.

»Sehen Sie, es kommt schnell zurück«, sagte er.

Claire begann Gefallen an der Partie zu finden. Sie aß die Schokolade, die ihr Nachbar mitgebracht hatte. Nun überlegte sie, nahm sich mehr Zeit, bevor sie ihre Figuren bewegte. Sie hatte nicht die geringste Ahnung, wohin sie ging, aber sie war bereit, einige Anstrengungen zu unternehmen, um zu schützen, was ihr von ihrer Armee geblieben war.

»Die Fenster Ihres japanischen Nachbarn sind dunkel«, sagte Paul. Claire spürte einen eiskalten Hauch an ihrem Hals. »In Urlaub gefahren?«, fügte er hinzu.

Sie verbarg ihr Unbehagen, indem sie auf das Schachbrett starrte.

»Keine Ahnung. Er hat mir eine Nachricht hinterlassen, dass er für ein paar Tage wegfährt. Mehr weiß ich nicht.«

»Wie haben Sie ihn kennengelernt?«

Das Verhör wurde dort fortgesetzt, wo er es unterbrochen hatte. Rossettis autoritärer Ton war schrecklich. Claire hatte das Gefühl, dass er sie über einem Abgrund am Kragen festhielt, vollkommen seinem guten Willen ausgeliefert.

»Ganz einfach vor den Briefkästen, wie Sie.«

»Was finden Sie an ihm?«

Claire war sprachlos.

»Was ich an ihm finde? Warum interessieren Sie sich so für ihn?«

»Ich interessiere mich für Sie, also auch für ihn.«

»Sie interessieren sich für mich?«

Unmerklich näherte er sein Gesicht ihrem. Verzweifelt, zutiefst verzweifelt dachte Claire, dass sie dem erstbesten Mann ausgeliefert war.

»Ja. Ich interessiere mich für Sie. Sie sind eine ungewöhnliche Person.«

Mit einem eigenartigen Lächeln ließ Rossetti seinen Blick durch den Raum wandern, über die Gegenstände, die Rahmen.

Er fuhr mit den Händen über sein Gesicht, als würde er ein zerknittertes Blatt Papier glätten.

Claire sagte: »Zwischen Ishida und mir ist nichts. Wir sind Freunde, das ist alles. Er ist ein gebildeter Mann, und ich mag intelligente Männer. Sie sollten aufpassen.«

Mit großer Mühe wandte er sich wieder dem Spiel zu.

»Zu spät! Er gehört mir!«

Sie stellte die Figur zu den drei oder vier, die sie ihm bereits abgenommen hatte. Sie hatte diese Schachpartie satt und diesen Typen ihr gegenüber, den sie sich von einem Windhauch weggepustet wünschte. Sie hatte zu tun, ihre Langeweile zu hätscheln und ein Buch fertig zu lesen, ein wunderbares Buch über den Schatten im Land der aufgehenden Sonne. Der ganze Kaffee, den sie getrunken hatte, lag ihr schwer im Magen, und eine Migräne kündigte sich an. »Raus!«, brüllte sie innerlich. Angespannt sagte sie:

»Haben Sie morgen Unterricht?«

»Nein. Prüfungsaufsicht in Paris.«

»Wird immer noch gemogelt? Der Jahresstoff auf Luftpostpapier gekritzelt? Mathematische Formeln auf die Unterarme geschrieben? Miniwörterbücher hinter der Wasserspülung auf der Toilette?«

»Nein, nicht bei mir.«

Claire stand auf und öffnete das Fenster einen Spalt. Der Hof war wunderbar ruhig.

»Mir ist warm. Und ich habe keine Lust mehr zu spielen. Ich bin eine Niete, und wir reden nur.«

»Na schön.« Rossetti räumte die Figuren ein und schloss das Kästchen etwas zu heftig.

Claire stellte die Frage, ohne nachzudenken:

»Sind Sie verheiratet?«

»Geschieden.«

»Kinder?«

»Eins. Meine Frau lebt in der Provinz. Ich sehe sie nicht oft.«

»Lehrer haben eine Menge Ferien.« Am Fenster lehnend, spürte Claire in ihrem Rücken die milde Abendluft.

»Das Problem sind nicht die Ferien. Meine Frau lebt mit einem Mann zusammen. Es ist ziemlich kompliziert.«

Claire hatte jetzt das Verhör übernommen. Sie wollte so viel wie möglich sehr schnell erfahren, bevor er ging. Er stand bereits auf.

»Wer hat den anderen verlassen? Sie oder sie?«

»Beide«, erwiderte er.

Er stellte sich vor sie, mitten im Wohnzimmer, das zusehends schrumpfte, und sie stand ebenfalls.

»Und Sie?«

Sein Blick. Claire mochte seinen Blick. Und sie dachte, dass sie von Teilen dieses Mannes angezogen war: seinen Händen, seiner Stimme, der Verzweiflung, dic häufig wie ein weißer Fleck in seinen Augen sichtbar wurde. Sie dachte, dass er sie jetzt berühren könnte, denn das gehört zu den Dingen, die ganz plötzlich zwischen Männern und Frauen geschehen. Ein letzter Rest von Animalität. Er rührte sich nicht. Er sah sie an, das war alles.

»Oh! Ich bin mehrere Jahre mit jemandem zusammen gewesen.« Sie starrte auf eine Fettpflanze, die neben ihr dahinvegetierte. »Ein Aristokrat. Ja, besser könnte ich ihn nicht beschreiben. Er war jemand, der wollte und nicht wollte.«

Sie hatte nie darüber gesprochen. Selbst Ishida wusste nichts davon und Louise ebenfalls nicht, obwohl sie ihn einige Male gesehen hatte. Warum also Rossetti? Vermutlich teilte sie Monsieur Lebovitz' Vorahnung, das unbestimmte Gefühl, dass dieser Typ nur flüchtig ihr Leben kreuzen würde. Die Geschichte mit demjenigen, den sie mit einem Engel verglich, war nur noch eine eitrige und entzündete Wunde, die sich nicht schließen wollte. Diese Verletzung war alles, was ihr zusammen mit den zwei, drei nicht einmal unterschriebenen Briefen von ihm geblieben war.

»Was ist los?«

»Ich zwinge die Leute nicht gern. Ich habe gewartet, dass er sich entscheidet. Am Ende ist er gegangen.«

»Haben Sie je wieder was von ihm gehört?«

»Nein«, sagte Claire seufzend und ging zur Wohnungstür. Er folgte ihr.

»Und danach?«

Claire war müde und antwortete unwillig.

»Nichts Besonderes. Ein paar Bekanntschaften von Zeit zu Zeit.«

Sie blickte zur Decke.

»Bei Ihnen klingelt das Telefon.«

Rossetti steckte die Hand in die Hosentasche und bemerkte, dass er sein Handy nicht bei sich hatte. Claire öffnete die Tür.

»Sie hören mein Telefon?«, fragte er mit kaum verhohlener Überraschung.

»Ja. Es klingelt regelmäßig seit einer Weile.«

Rossetti war wütend und machte keinen Hehl daraus.

»Ich spiele ziemlich gut Rommé und auch Uno. Das

spiele ich oft mit der Tochter meiner Nachbarin. Das Brettspiel der kleinen Pferde langweilt mich zu Tode.«

»Sie halten mich wohl für einen Idioten … Sie sollten aufpassen. Außerhalb Ihres Reviers sind Sie nicht viel wert.«

»Das gilt wohl für uns alle«, sagte Claire arrogant. Dennoch hoffte sie auf Frieden.

Rossetti ließ ihr nicht mehr die Zeit, es wiedergutzumachen. Er stürmte die Stufen hinauf, in der Hoffnung, noch rechtzeitig sein Telefon zu erreichen.

Claire betrachtete sich im Badezimmerspiegel. Sie war es gewohnt, sich lange zu betrachten, vollkommen reglos. Und so wie ein Wort seine Bedeutung verliert, wenn man es zu oft wiederholt, pflegte ihr Gesicht nach und nach seine Identität zu verlieren und ihr fremd zu werden. Dann musterte sie diesen Kopf. An manchen Tagen gefiel er ihr, an anderen nicht. An diesem Abend betrachtete sie sich mit den Augen Rossettis. Sie gefiel sich besser in der Position Ishidas, in dem ihre Gesichtszüge entspannter waren und ihr Blick weniger irr. Hinter ihr hingen Kleidungsstücke feucht und steif vor den vergilbten Kacheln der Badewanne. Claire begann zu weinen. Sie weinte lange vor ihrem Spiegelbild, das ihre gerötete Haut abbildete und ihren Kummer und ihren verstörten Blick nachäffte. Sie war traurig, Ishida fehlte ihr. Und wie immer versiegten Claires Tränen jäh. Die Traurigkeit überfiel sie stets heftig und kurz wie ein Sommergewitter. Sie trocknete sich das

Gesicht, betrachtete sich ein letztes Mal, zog ihren Pyjama an und ging zu Bett. Alles war wie weggewischt. Das war Claire.

Im Dunkeln liegend, dachte sie nach. Irgendetwas stimmte nicht mit diesem Typen. Sie fing an, eine Bedrohung in ihm zu sehen und sich Fragen zu stellen. Warum wollte Ishida, dass sie wegfuhr? Was hatte sie zu fürchten? Rossetti? Und warum hatte er ihr einen derart lakonischen Brief dagelassen? Aus Angst, ein anderer könnte ihn lesen? Sollte derjenige Rossetti sein, so bedeutete das: 1) Dass Rossetti und Ishida sich kannten. 2) Dass sie Gründe hatten, es zu verbergen. 3) Dass Ishida dachte, Rossetti könnte unbefugt bei ihm eindringen und auf den Brief stoßen … 4) Ein Typ, der beim Nachbarn einbricht, kann es auch bei dir tun … Bei diesem Gedanken zog Claire ganz automatisch die Decke bis zum Kinn hoch. Normalerweise schlief sie nicht ein, sondern verlor das Bewusstsein, wie man in ein Loch fällt. So auch an diesem Abend, und sie riss die beiden Männer mit sich in ein vorübergehendes Nichts.

9

Claire erwachte ebenso plötzlich, wie sie eingeschlafen war. Sie vergegenwärtigte sich noch einmal ihre Fragen vom Vortag und dachte: »Das gefällt mir nicht.« Es kam vor, dass sie am Sonntagabend Lust hatte zu spielen, am Montagmorgen aber überhaupt nicht mehr, da es über Nacht zu ernsthaften Meinungsumschwüngen bei ihr kommen konnte. Sie machte ihr Bett und zog sich etwas sorgfältiger als sonst an, schminkte sich dezent und benutzte Parfum. Dann öffnete sie die Fenster, um ihr Schlafzimmer zu lüften. Bei Ishida hatte sich nichts bewegt, es war zum Verzweifeln. Auch über ihrem Kopf war kein Geräusch. Sie nahm sich nicht die Zeit zu frühstücken, griff sich einen Apfel, ihre Aktentasche und verließ die Wohnung. In der Toreinfahrt begegnete sie Madame Courtois und der Concierge, die den Preis für einen Stapel Bügelwäsche aushandelten.

Madame Courtois war eine elegante und zarte alte Dame, einst eine Schönheit, wie Louise zu sagen pflegte, die sich in dieser kleinen Dame von gegenüber vielleicht wiedererkannte. Mit der Zeit schien sie immer mehr abzubauen und erinnerte Claire daran, dass man, lange bevor man stirbt, zu verschwinden beginnt. Die junge Frau hatte einmal versucht, Monsieur Lebovitz und Madame Courtois miteinander zu verkuppeln, doch die Sache hatte nicht lange gedauert. Sie hatte schnell begriffen, dass das Alter nicht ausreichte, um die Menschen zusammenzubringen, und dass die beiden sich absolut nichts zu sagen hatten. Er hielt sie für verhuscht, und sie hielt ihn für einen schrecklichen alten Knacker. Bereits mit zwanzig wäre aus ihnen nichts geworden.

Madame Courtois wirkte verärgert. Ihr Leben war seit einiger Zeit durchwirkt von geheimnisvollen Zufällen, in denen Vergangenheit, Gegenwart und Zukunft eins wurden.

»Guten Tag, Madame Courtois«, rief Claire ihrer leicht schwerhörigen Nachbarin zu.

»Wissen Sie, wo Monsieur Ishida ist?«, fragte die alte Dame, ohne sich die Mühe zu machen, guten Tag zu sagen. »Ich bin ihm gestern im Treppenhaus begegnet. Er trug einen Koffer. Er ist an mir vorbeigegangen, als würde er mich nicht kennen. Er hat mir große Angst gemacht. Ich zittere immer noch.«

Nach einer Periode betont zur Schau gestellten Misstrauens, bisweilen begleitet von Geknurre, wenn sie ihm begegnete, hatte die alte Dame eine fast verliebte Verehrung für ihren asiatischen Nachbarn entwickelt. Claire und Ishida lachten häufig über diese unerklärliche Meinungsänderung. »Der Dämon von zwanzig Uhr fünfundvierzig«, sagte Claire.

Die niedergeschlagene Miene der alten Dame amüsierte sie.

»Ich weiß nicht, wo er ist«, setzte Claire lakonisch hinzu. Sie näherte sich Madame Courtois und schob die Hand in ihren Kragen. »Das Etikett ihrer Bluse schaut heraus«, brüllte sie ihr dabei ins Ohr, während die alte Dame zusammenfuhr, als hätte man ihr gesagt, sie sei nackt aus dem Haus gegangen.

Claire fühlte sich gerächt für die Unhöflichkeit ihrer Nachbarin. Sie hatte noch immer die Hoffnung, sie irgendwann von der unschönen Angewohnheit, nie guten Tag zu sagen, zu kurieren. Nun wandte sie ihr den Rücken zu, um den Inhalt ihres Briefkastens zu inspizieren. Die Verhandlung zwischen den beiden Frauen wurde unverzüglich fortgesetzt. Madame Courtois war überrascht von den horrenden Preisen der Concierge, die andeutete, dass sie weniger verlangen könne, wenn mehr Hausbewohner ihre Dienste in Anspruch nehmen würden.

»Fragen Sie doch den Neuen im dritten Stock«, entgegnete Madame Courtois lachend. »Allerdings wüsste ich nicht, was es bei ihm abzustauben gäbe, seine Wohnung ist leer!«

Die Fenster von Madame Courtois gingen auf Rossettis Wohnung. Claire drehte sich um und fragte die alte Dame mit gespielter Gleichgültigkeit:

»Wieso leer?«

Verärgert über die Geschichte mit dem Etikett, musterte Madame Courtois Claire, als sähe sie sie zum ersten Mal. Lächelnd, aber bestimmt wiederholte die junge Frau:

»Wieso leer, Madame Courtois?«

Die Alten haben Angst vor den Jungen, und Claires Ton, ihre merkwürdig laute Stimme, wenn sie mit ihr sprach, mahnte zur Vorsicht.

»Na ja, er hat keine Möbel. Und an den Wänden hängt auch nichts. Im Schlafzimmer muss ein Bett stehen, aber seinen Kaffee trinkt er aus Plastikbechern.«

Claire verabschiedete sich von den beiden Klatschbasen mit der Andeutung eines japanischen Grußes und verließ mit federndem Schritt die Wohnanlage.

In der Metro, Linie 8, die um diese Zeit eher ruhig war, wählte Claire einen Notsitz. Und dann stellte sie in der Hitze des Wagens und in Gedanken bei den stummen Unbekannten um sie herum fest, dass sie Angst hatte. Sie atmete die verdächtige Luft der Metro tief ein. Die Fragen vom Vortag hatten genügend Zeit gehabt, während der Nacht zu verwesen, und erstaunlicherweise war keine Antwort daraus hervorgetreten. Dann noch dieser Rossetti, der sich nicht einmal die Mühe gemacht hatte, sich einzurichten … Sie blickte sich um und bemerkte, dass ein Mann, der auf einer Bank saß, sie anstarrte. Am Ende des Wagens blickte ein anderer Mann sie mit gleichgültigerer Miene an, während er den *Parisien* durchblätterte. Und das altmodisch gekleidete polnische Touristenpärchen ihr gegenüber, taten sie nur so, als küssten sie sich? Was war mit der dicken dunkelhaarigen Frau in ihrem königsblauen Jogginganzug? Der alte Mann mit der Schirmmütze hinten im Wagen, schlief er wirklich? Sie dachte daran, an der nächsten Station auszusteigen, einfach nur um zu sehen was geschehen würde. Doch das enorme Gewicht der Gewohnheiten drückte sie auf ihren Sitz, Richtung Madeleine, Umsteigen nach Mairie-d'Issy bis Sèvres-Babylone. So war es eben.

Claire holte Ishidas Nachricht aus der Tasche, roch daran und las sie noch einmal. »Er macht sich über mich lustig«, dachte sie wütend, weil sie beim Auffinden gehofft hatte, einen Liebesbrief unter ihren Füßen zu finden. Sie schloss die Augen und sah ihren japanischen Freund vor einem schwarzen Hintergrund vorbeigehen, den Kopf von Claire, weiß wie ein Leinentuch, in den Händen haltend wie Salome den Kopf des Jochanaan. Sie öffnete die Augen wieder, um das Bild zu verscheuchen, und bemerkte, dass die Fahrgäste gewechselt hatten und nur das osteuropäische Pärchen noch im Wagen war. Sie konnte gerade noch rechtzeitig auf den Bahnsteig der Station Madeleine springen.

10

Christian Dietrich teilte sich eine luxuriöse Wohnung mit einem Psychoanalytiker, der die Politik verfolgte, seine Patienten nicht geheim zu halten. An diesem Morgen kam ein junger dandyhafter Mann, halb Junge, halb Mädchen, von außergewöhnlicher Schönheit. Claire dachte an den unwirklichen Tadzio, an Werther und an Eugénie Grandet. Sie hätte in diesem Augenblick viel dafür gegeben, das unglaublich komplizierte und geheimnisvolle Leben dieses jungen Mannes mit dem müden Gesicht bis in die geheimsten Winkel kennenzulernen. Die Tür des Sprechzimmers öffnete sich, und eine ältere Dame kam heraus, gefolgt von einem dunkelhaarigen Typen, der sie zum Ausgang begleitete. Na, mein Lieber, dachte Claire und lächelte ihm im Vorbeigehen zu.

»Auf Wiedersehen, Madame Villeneuve. Und vergessen Sie nicht, jeden Morgen, und ich meine jeden Morgen.«

Er kam ins Wartezimmer zurück und blickte Claire an.

»Mademoiselle Brincourt, was machen Sie denn hier? Haben Sie einen Termin vereinbart?«

Er blickte auf den Jungen, dem alle beide herzlich gleichgültig waren, denn er starrte abwesend vermutlich auf seinen durcheinandergeratenen Stammbaum.

»Ja«, erwiderte Claire, »ich habe Freitagabend angerufen.«

»Kommen Sie.«

Claire folgte ihm ins Sprechzimmer, ein riesiger Raum für sie wie für die meisten. Dietrich fand das völlig normal. »In meinem Beruf müssen wir Raum zum Atmen haben, der Patient und ich, das ist wesentlich. Ich brauche Platz«, pflegte er zu sagen.

Während er seine Sprechstundenhilfe anrief, sah er der jungen Frau beim Ausziehen zu.

»Angélique, ich habe Mademoiselle Brincourt nicht in meinem Terminkalender gesehen.« Und nach einer Pause: »Schmeißen Sie gefälligst diesen verdammten Kaugummi in den Mülleimer!«

»Immer freundlich zu deinem Personal«, sagte Claire ironisch, in Slip und Büstenhalter. »Es ist ja eiskalt in deiner Bahnhofshalle«, fügte sie hinzu und setzte sich auf eine mit beigem Leder bezogene Liege.

Er lächelte und reckte sich mit geschlossenen Augen. Dann rieb er sich energisch die Hände, um sie zu erwärmen. Einen Augenblick betrachtete er seine Patientin und ging um die Liege herum, wobei er sie genauestens in Augenschein nahm, wie ein Modedesigner, der eine Knitterfalte in einem Abendkleid sucht.

»Legen Sie sich hin«, sagte er.

Er atmete tief durch, die Brust gewölbt unter seinem weißen Kittel.

»Hör bitte auf, mich zu siezen«, sagte Claire. »Das ist idiotisch!«

Dietrich stellte sich hinter sie und blickte in die Luft, während er seine Hände auf ihren Hals legte.

»Hmm …«, sagte er, als litte er unter den gleichen Schmerzen wie seine Patientin. »Verspannt, diese Halswirbel, verspannt! Sie leiden, Sie leiden!«, sagte er und massierte sie zart.

Claire ließ ihn machen. Sie liebte Dietrichs Massagen, die sie nicht immer von der Liebeslust zu trennen vermochte. Sie schloss die Augen und schmolz langsam dahin wie ein sehr harter Eiswürfel.

»Keine Migräneanfälle mehr?«, fragte der Osteopath.

»Weniger. Aber ich habe immer noch Schmerzen, hier.« Sie deutete auf eine Stelle über ihrem Wangenknochen. »Das stört mich, ich muss immer meine Muskeln verkrampfen, so.«

Claire machte eine Grimasse, um ihre Worte zu illustrieren. Dietrich hörte ihr sehr ernst zu. Er war ein Mann, der seinen Beruf so ernst nahm, dass Claire gleich bei ihrem ersten Besuch nicht hatte widerstehen können, ihm ihre zahlreichen Leiden in allen Einzelheiten zu schildern. Und er hatte dieser merkwürdigen Frau mit dem schrecklich komplizierten Körper nicht widerstehen können.

»Und seit zwei Tagen habe ich Schmerzen oberhalb des Bauchs.«

»Ich verstehe, ich verstehe«, sagte Dietrich und tastete ihren Magen ab, der ihm hart wie einen Fußball vorkam. Er versuchte ihn weicher zu kneten und beugte sich dabei ganz dicht über sie.

»Sorgen zurzeit?«

»Hör zu«, sagte Claire, »du wirst denken, ich spinne, und vielleicht hast du ja recht. Es geschehen merkwürdige Dinge in meinem Haus. Ein Typ ist in die Wohnung über mir gezogen, und seitdem geht alles schief. Er stellt mir Fragen über meine Nachbarn, wie ein Bulle. Meine Nachbarin hat mir erzählt, dass er keine Möbel hat. Er hasst mich, ich weiß nicht, warum. Und dann kommt er auch noch bei mir hereingeschneit, um Schach zu spielen! Verstehst du …«

»Nein, ich verstehe nicht«, sagte Dietrich mit gespielter Gleichgültigkeit. Er genoss eine berechtigte Rache an einer Claire, die sich seit Beginn ihrer Beziehung weigerte, ihm Einlass in ihre Wohnung zu gewähren, und systematisch die verschiedenen Räume ihres Lebens abschottete.

»Hab ich dir von Ishida, meinem japanischen Nachbarn, erzählt?«

»Vage.«

»Also, er ist plötzlich weggefahren und hat mir eine Nachricht hinterlassen, in der er mir rät, ebenfalls für einige Zeit wegzufahren.«

Dietrich wusste über Claires Launen Bescheid, aber an diesem Tag spürte er, dass irgendetwas anders war. Eine Art merkwürdiger Besessenheit, die nicht nur während ihrer hypochondrischen Anfälle zum Ausbruch kam …

»Bist du in letzter Zeit bei Monica gewesen? Nichts Schlimmes?«

»Wieso erwähnst du Monica? Ich erzähle dir, dass

merkwürdige Dinge in meinem Haus geschehen, und du kommst mir mit Monica? Hörst du mir überhaupt zu?«

»Ja, ich höre dir zu, und ich verstehe nicht so recht, worauf du hinauswillst. Vor allem sehe ich, dass dein Rücken voller Verspannungen ist und dass dir ein bisschen Sex sehr guttäte.«

Claire lächelte traurig, frustriert von dem geringen Interesse, das ihr Liebhaber für ihre Probleme zeigte. Sie liebte Dietrich sehr. Er war nicht der Mann ihres Lebens, denn dieser sollte nichts von ihren Eingeweiden und ihren Leiden wissen, die sowieso allein dank seiner Präsenz ganz einfach und für immer verschwinden würden. Und im Übrigen war sie diesem Mann bereits begegnet und hatte ihn verloren. Aber sie empfand für Dietrich eine Liebe, die derjenigen ziemlich nahekam, die ein Kind für seinen Plüschbären empfindet. Er tat ihr nicht weh, er war einfach da. Er hatte aufgehört, unmögliche Dinge von ihr zu verlangen, wie mitten in der Heuschnupfenzeit in sein Cabrio zu steigen, auf die Dune du Pyla zu klettern oder nach zwei Stunden im Stau Austern auf einer Terrasse in der Normandie in der Sonnenhitze zu essen. Er hatte begriffen, dass Claire davon träumte, ein reiner Geist zu sein, dass ihr das nicht gelang und dass er sie nicht zwingen durfte, sich an die Existenz ihres Körpers zu erinnern. Er verstand ihre Verzweiflung, und sie war ihm unendlich dankbar dafür.

»Sag mal, es gibt ja einen Garten da hinter dem Haus.«

Sie deutete mit dem Finger auf das Fenster des Sprechzimmers.

»Ja.«

»Und eine Tür am Ende des Gartens, die auf die Straße führt…«

»Ja.«

»Und die Tür ist nicht abgeschlossen?«

»Nein. Darf ich erfahren, was du da ausheckst?«

Dietrich begann sich Sorgen zu machen. Er wusste, dass Claire fähig war, weit hinter die äußere Fassade der Dinge zu blicken, dass sie dabei aber nicht immer richtig sah. Mehr als einmal hatte er das Gefühl gehabt, dass ihre Intelligenz sich gegen sie wandte, ohne dass sie es bemerkte. Dennoch weigerte er sich, sie für verrückt zu halten.

Er sah Claire mit einer Besorgtheit an, die der jungen Frau nicht entging. Sie versuchte ihn zu beruhigen.

»Ich habe mir dein Manuskript angesehen. Wir müssen es noch mal gemeinsam durchgehen.«

Claire hatte sich aufgesetzt und wollte aufstehen, um sich wieder anzuziehen. Sie fror erbärmlich, hatte eine Gänsehaut an den Armen. Dietrich zwang sie sanft, sich wieder hinzusetzen.

»Entspann dich. Atme ganz langsam. Ich bin noch nicht fertig. Kreuze die Arme. Sehr gut.« Er umarmte sie, atmete tief ein und drückte sie fest. Irgendetwas krachte in der Mitte ihres Rückens. Dietrich entspannte sich und wiederholte das Ganze. Claires Körper krachte erneut, an einer anderen Stelle.

»Gut. Atme. Steh vorsichtig auf.«

Nachdem sie sich angezogen hatte, ging Claire zum

Fenster. Unten, auf der Straße, sah sie einen Arm aus einer Vertiefung neben einem Taschengeschäft ragen, und Zigarettenrauch. Weder Rossetti noch Ishida rauchen, dachte sie.

»Wann sehen wir uns?«, fragte Dietrich, ohne allzu sehr daran zu glauben.

Seit einiger Zeit machte Claire sich immer rarer.

»Ich kann dir nichts versprechen. Lassen wir es dabei!«, erwiderte sie mit einem leicht spöttischen Lächeln, da ihre Sorgen ihn gleichgültig ließen.

»In deiner Gegenwart fällt mir das sehr schwer.«

Er sah sie an. Im Licht des Fensters war sie wirklich sehr schön. Als sie sich zum ersten Mal geküsst hatten, hatte er es ihr gesagt.

»Schön?«, hatte sie geantwortet, als sei das ein völlig unangebrachtes Kompliment.

»Ja. Ob du willst oder nicht.«

Diese Bemerkung hatte Claire überrascht. Sie dachte häufig daran, wenn sie sich im Spiegel betrachtete. »Ob du willst oder nicht«, wiederholte sie dann.

Dietrich verschränkte die Hände hinter seinem Kopf und sagte:

»Danke wegen des Manuskripts. Was sagt Legrand dazu?«

»Er sagt gar nichts. Er verlegt es, um mir eine Freude zu machen. Und glaub mir, das ist durchaus etwas, denn er ist ein Pfennigfuchser.«

»Und warum will er dir eine Freude machen?«

Dietrich war ein eifersüchtiger Mann. Claire, die er anfangs für sehr einsam gehalten hatte, war von Männern umringt. Echten, falschen, Schriftstellern, die sie verehrte, Romanfiguren, denen sie auf der Straße begegnete, Nachbarn aus Fleisch und Blut, Männern, die nur noch eine Erinnerung waren und deren Foto sie in ihrer Brieftasche aufbewahrte. Er dachte oft, mit ein paar Zentimetern mehr würde er vor nichts und niemandem Angst haben.

»Seine Ehe ist völlig zerrüttet. Das verunsichert ihn, und er macht Blödsinn.«

»Hmm«, sagte Dietrich, plötzlich deprimiert von Claires Unsicherheiten, von diesem Buch, das ohne Begeisterung veröffentlicht wurde, und von seinem Leben ohne Frau. Er fuhr fort: »Wenn du wüsstest, wie gern ich mein Leben ändern würde. Wie sehr ich all diese schlaffen Körper manchmal satthabe, diese Leute, die sich nicht respektieren, zusammengekauert wie tote Sardinen. Ich sage ihnen, dass sie Raum haben in ihrem Körper und außerhalb ihres Körpers, aber sie begreifen es nicht. Sie igeln sich weiterhin ein und stopfen sich mit Medikamenten voll.«

Claire und Dietrich sahen sich voller Zärtlichkeit an. Er hätte sich gewünscht, sie würde zu ihm kommen und ihn küssen, aber sie blieb ans Fenster gelehnt. Es gab Augenblicke dafür, und heute war nicht der richtige Tag.

»Claire, lass uns gehen. Alle beide!«

Claire ging zur Tür, ihre Aktentasche in der Hand.

»Wohin?«

»Wohin du willst.«

»Kann ich durch den Garten gehen?«

Dietrich stand mechanisch auf und nickte.

»Ich rufe dich an wegen der Korrekturen«, fügte sie entschuldigend hinzu.

Als sie die Tür der Hintertreppe bereits geschlossen hatte, rief er ihr mit vor Wut zitternder Stimme nach:

»Bis bald, Mademoiselle Brincourt, und ich hoffe, Sie werden keine Probleme haben bis zum nächsten Termin.«

Seinen nächsten Patienten ignorierend, schloss er sich in seinem Sprechzimmer ein, nachdem er die Tür heftig zugeschlagen hatte.

Claire ging durch den mit Bäumen bepflanzten Hof des Hauses und trat durch die kleine Gartentür auf die Straße hinaus. Mit klopfendem Herzen blickte sie sich um und begann loszulaufen. Sie bog in eine Straße, dann in eine andere. Außer Atem blieb sie vor dem Schaufenster eines Antiquitätenhändlers stehen. Als sie das Spiegelbild ihres Gesichts auf einer weißlichen Maske sah, die beunruhigend wie fast alle afrikanischen Masken war, stieß sie einen Schrei aus. Warum renne ich so? Niemand folgt mir, dachte sie keuchend inmitten seelenruhiger Passanten. Sie bemerkte, dass der 76er sich näherte, lief zu der fünfzig Meter entfernten Haltestelle und fand ohne Mühe einen Platz in dem fast leeren Bus. Um diese Zeit waren Rentner, Jugendliche, die mit ihrer Zeiteinteilung Probleme hatten, Arbeitslose und Mütter mit Kindern und Einkäufen in ihren Kinderwagen unterwegs. Zwei alte Damen, die ihr gegenübersaßen, beobachteten mit abschätzigen Blicken, wie sie allmählich wieder zu Atem kam. Sie sah sich um. Niemand schien ihr etwas Böses zu wollen. Erschöpft ließ sie sich fallen. Sie schloss die Augen und spürte Dietrichs erfahrene Hände auf ihrem Körper. Die Unterhaltung der beiden alten Frauen hinderte sie am Einschlafen.

»Und wissen Sie, was er mir sechs Monate später angetan hat?«, sagte die eine. Sie trug einen Diamanten, der so groß war, dass er nur falsch sein konnte.

»Nein«, erwiderte die andere, vor Neugierde brennend und auf das Schlimmste gefasst.

»Wieder Krebs. Ja, Madame, wie ich sage.«

»Oh!«, sagte die andere, die Hand vor dem Mund.

»All das, um ... um mir eins auszuwischen. Anders kann ich es nicht nennen. So furchtbar es auch klingt, aber ich habe ihm keine Träne nachgeweint, als er von mir gegangen ist.« Sie blickte in die Luft. »Ach! Was hab ich mit ihm durchgemacht! Jetzt kann ich wieder atmen.« Sie atmete tief durch, ihre üppige Brust vorgestreckt.

»Wirklich traurig«, erwiderte die andere in einem Anfall von Menschlichkeit.

»Ja und nein. Immerhin hat er mir ein hübsches Portfolio hinterlassen. In dieser Hinsicht war er ein kluger Mann.«

Die beiden Damen standen auf und verschwanden für immer aus Claires Leben.

Wieder zu Hause setzte Claire sich an ihren Schreibtisch und arbeitete mehrere Stunden. Am späten Nachmittag vertiefte sie sich zur Entspannung in einen japanischen Kriminalroman, den Ishida ihr ein paar Tage zuvor geliehen hatte. Sie ließ sich von den Ermittlungen, die Inspektor Mihara in einem Zug führte, der quer durch Japan fuhr, gefangen nehmen. Zwischen Seite 38 und 39 stieß sie auf den Abholschein einer Reinigung. Es ging um einen Anzug, der dem Datum zufolge seit dem Vortag fertig war. Im nächsten Augenblick war sie bereits auf der Straße, den Schein in der Tasche.

»Zum Glück sehen wir vorher immer in den Taschen der Kleidungsstücke nach.«

Die Dame der Reinigung reichte Claire einen Umschlag, der dem glich, den Ishida unter ihrer Tür durchgeschoben hatte.

»Danke.«

Als Claire den Laden verließ, begegnete sie Louise und Lucie, die Hand in Hand auf sie zukamen.

»Claire, gut, dass ich dich treffe. Ich bin in großen Schwierigkeiten wegen morgen. Lucies Lehrerin streikt noch immer. Ich habe niemanden«, sagte sie und wischte mit der Hand über die Schulter ihrer Nachbarin.

»Das passt mir gar nicht«, sagte Claire und bemerkte zu spät, dass ihre Bemerkung das kleine Mädchen verletzt hatte.

Da sie Louise so schnell wie möglich loswerden wollte, um den Brief lesen zu können, erklärte sie sich bereit,

Lucie am nächsten Tag für ein paar Stunden zu betreuen. Als sie den Brief aus ihrer Tasche holte, hörte sie:

»Guten Tag, Mademoiselle Brincourt, wie geht es Ihnen?«

Paul Rossetti kam lächelnd in einem anderen karierten Hemd aus dem Café. Sie bemerkte, dass er rauchte.

»Sie rauchen?«, fragte sie.

»Ja, manchmal.«

»Und Ihre Prüfungsaufsicht?«

Rossetti machte sich nicht die Mühe zu antworten und schloss sich Claire an. Schweigend ging er neben ihr bis zur Wohnanlage. Claire fühlte sich aufs Äußerste belästigt von diesem Menschen, der ruhig wie ein Ehemann neben ihr ging. Vor ihrer Tür verabschiedete sie ihn mit einem kaum hörbaren Auf Wiedersehen und schob den Riegel vor, was sie seit dem Einbruch bei Madame Chevallier vor drei Jahren nicht mehr getan hatte. Endlich konnte sie Ishidas Brief lesen.

Liebe Claire,
ich werde sicher schon weg sein, wenn Sie diesen Brief finden, falls Sie ihn finden. Könnten Sie am 24. gegen 11 Uhr in den Garten des Musée Rodin kommen? Ich werde Sie dort treffen. Es ist möglich, dass man Ihnen folgt. Bitte kommen Sie unbemerkt.

Ishida Tatsuo

Claire steckte den Brief in den Umschlag zurück und bekam einen Lachkrampf. Der 24. war übermorgen. Natürlich würde sie hingehen. Und natürlich würde sie aufpassen. Worauf? Ein Geheimnis. Aber sie würde sich einen Spaß daraus machen, ihren Verfolger abzuhängen, der mit größter Wahrscheinlichkeit ein kariertes Hemd tragen und ihrem Nachbarn von oben zum Verwechseln ähnlich sehen würde. Sie holte eine Packung *pommes sarladaises* und einen Hühnerschenkel *à la provençale* aus dem Gefrierschrank und stellte beides in die Mikrowelle. Dann hörte sie ihren Anrufbeantworter ab, der ihr sagte, dass sie keine neuen Nachrichten habe. Während sie aß, liefen die Nachrichten, und sie hörte auf die Schritte ihres Nachbarn, die schon bald aufhörten. Bevor sie mit einer Schlaftablette früh zu Bett ging, traf sie ihre letzte Entscheidung des Tages. So wie man vor einer heiklen Operation eine Lebensversicherung abschließt, beschloss sie, ihre Eltern anzurufen.

11

»Hallo, ich bin's«, sagte Claire zu ihrer Mutter.

»Wer, ich?«

Das fing ja gut an.

»Claire.«

»Ah! Ihr habt die gleiche Stimme, deine Schwester und du, ich werde mich nie daran gewöhnen.«

Claire hasste es, ihre Eltern anzurufen. Durfte sie sagen, dass sie ihre Eltern hasste? Doch es stimmte. Sie hasste es, in diese Provinzwohnung zurückzukehren, in der es nach Alter roch, obwohl ihre Eltern auf jung machten. Als sie von zu Hause weggegangen war, hatte sie die Liebe zu ihren Eltern nicht wie einen Fetisch in einer Tasche aufbewahrt. Sie hatte keine wunderbaren Erinnerungen, die die Illusion hätten aufrechterhalten können.

Als Kinder von Händlern – Käse auf den Märkten einerseits, Kurzwarenhandel andererseits – hatten ihre Eltern in den Räumen der ehemaligen Kurzwarenhandlung ein Geschäft für bretonische Souvenirs und Geschirr aus Quimper eröffnet. Wegen der Zerbrechlichkeit der Henkeltassen und der Teller war es den Kindern streng untersagt gewesen, sich dort aufzuhalten. Dann hatten ihre Eltern auf Scherzartikel umgestellt und unter dem vielversprechenden Namen *Aux Joyeux Drilles*, »Zu den lustigen Vögeln«, alle lebenslustigen Menschen der Wirtschaftswunderzeit, der sogenannten »Trente Glorieuses«, aus der Gegend angelockt. Ihr Vater hatte irgendwo gelesen, dass das Zeitalter der »Freizeitgesellschaft« anbrechen würde, und in den Partyartikeln die Gelegenheit erblickt, schneller reich zu werden als mit dem bretonischen Steingut. Claire wuchs auf inmitten falscher Plastikbrüste, furzender Kissen, Pfefferkaugummis, Nachttöpfen mit aufgemaltem Auge auf dem Boden und Löffeln, die im Wasser schmolzen. Die Familie lebte im Rhythmus der Hochzeiten, der Feste anlässlich des Endes des Militärdienstes, der Sainte-Catherine-Feiern und der Junggesellenabschiede. Ihr Vater nahm sein Geschäft sehr ernst und überprüfte an sich selbst, wie lange man die Masken ertrug, ohne zu ersticken. An seinen Töchtern prüfte er die Verarbeitung der Kostüme, die er für Abendveranstaltungen verlieh.

Claires Mutter, die sich ein anderes Leben erträumt hatte, hasste den Laden und die Kundschaft, die sie gewöhnlich fand. Sie hätte lieber handbemalte Teller statt Vampirgebisse verkauft und sehnte sich nach dem Souvenirladen zurück. Vermutlich war er für sie mit der frühen Kindheit ihrer Töchter verbunden, denn sie hatte lautstark kritisiert, was aus ihnen geworden war, seit die bretonischen Warenbestände postenweise versteigert worden waren. Sie sprach immer von ihren »kleinen Mädchen«, als wären sie tot oder gegen zwei Jugendliche ausgetauscht worden, die wenig lächelten und sich weigerten, im Laden zu helfen, zu zelten und sich bei *Dames de France* einzukleiden.

Der Lärm im Geschäft und derjenige, der ständig in der Wohnung herrschte, die die Familie über dem Geschäft bezogen hatte, erklärten Claire zufolge ihre mystische Liebe zur Stille. Die zahlreichen Streitereien ihrer Eltern waren der schmerzlichste Aspekt dieser Phobie. Die stürmischen Diskussionen folgten einem vorschriftsmäßig eingehaltenen Protokoll. Ihre Mutter fing an, und die Themen waren fast immer die gleichen. Da gab es diese Modeboutique, die für sie zu einem immer unwahrscheinlicheren Paradies wurde, und dann diese verregnete Stadt, in der sie keine Freundinnen gefunden hatte, »außer bei den Weight Watchers, aber die verschwanden wieder, wenn sie ihre Kilos verloren hatten«. Wie ein Stier hinter seiner Schranke wartete ihr Vater, bis sie die Sperre geöffnet hatte, um sein rotes Tuch zu schwenken: seine Familie, diese untragbare Bürde, die nicht gesellschaftsfähigen Cousins, deren Dummheit weh tat und die von einem Stammbaum geprägt waren, der in stickigen Betten ohne Licht und ohne Luft entstanden war, Onkel und Tanten, die niemals sterben würden und die man mehrmals im Jahr besuchen musste. Ihre Mutter ließ ganz schön die Fetzen fliegen, das musste man zugeben. Ihr Vater begann daraufhin zwischen den Gegenständen aus Opalglas und den Rattansesseln auszuschlagen, wobei er allerdings ins Leere schäumte, denn er war kein Gewaltmensch. Er zerstörte sich selbst in seinem Wohnzimmer unter dem Blick dieser harten Frau, die er dennoch nie verlassen würde, das war undenkbar.

Claire war die Jüngere, Anne zwei Jahre älter. Die Schwester war eine sehr hübsche Brünette mit langem welligem Haar, dunklem Blick und einer anmutigen Gestalt, die während ihrer ganzen langen Jugend einen dauerhaften Schatten auf ihre Schwester warf. Wie ihr Vater stampfte Claire mit dem Fuß auf, das war alles. Dann entdeckte sie die Literatur und schloss sich wie eine Märchenprinzessin bis zu ihrer Volljährigkeit in ihr Zimmer ein. Ohne daran teilzunehmen, erlebte sie die Emanzipation ihrer Schwester mit, ihre Diskobesuche, von denen sie frühmorgens torkelnd nach Hause kam, schweißgebadet und nach Erbrochenem riechend. Ihre zahlreichen Freunde gehörten alle der lokalen Bourgeoisie an, denn Anne hatte schlimmstenfalls ein Auge auf den Sohn des Lederwarenhändlers geworfen, der das Luxusgeschäft seines Vaters übernehmen würde, und bestenfalls auf irgendeinen der »de soundso«, die die medizinische Fakultät oder den lokalen Ableger einer renommierten Handelsschule in Paris bevölkerten. Die Eltern katzbuckelten vor diesen Jungen in himmelblauen Hemden, die in ihrem Wohnzimmer herumstolzierten und so taten, als interessierten sie sich für die Masken von Laurel und Hardy. Man riet Anne, schnellstens die Pille zu nehmen. Was sie auch tat und weidlich ausnutzte.

Der glückliche Auserwählte war schließlich ein kleines Männchen aus Nantes, der Architektur studierte, Schlagzeug spielte und schwarze T-Shirts trug. Die Eltern waren bestürzt, sagten aber nichts, denn über Annes Entscheidungen diskutierte man nicht. Die Hochzeit fand mit großem Prunk statt, und Claire nutzte das Durcheinander, um das Haus zu verlassen und nach Paris zu ziehen, dank einer Cousine ihrer Mutter, derjenigen, die Legrand kannte. Während Claire Paris entdeckte und zugleich die Provinz und ihre verheerende Wirkung auf ein junges Mädchen, das in gebildete Kreise hineingerät, ging es Anne und Jean-Paul in Nantes gut. Sie bekamen kurz hintereinander zwei Kinder. »Ein Junge und ein Mädchen«, hatte Anne am Telefon gerufen, mit dem Gelächter der Hexe Madame Mim im Hintergrund, vermutlich mit einem eingefrorenen Lachen, fotografiert nach ihrem zweiten Kaiserschnitt. Jean-Paul tat sich mit einem Pariser zusammen, um ein Architekturbüro in La Baule zu eröffnen. Als behaarter Zwerg wurde er in den Augen seiner Schwiegereltern ein Quasi-Genie mit Ferienwohnung am Meer. Er verdiente Geld wie Heu und schenkte seiner Frau die mythische Modeboutique, die wie ein Schuldgefühl die ganze Familie Brincourt jahrzehntelang verfolgt hatte.

In den ersten Jahren fuhr Claire regelmäßig in die Sommerfrische zu ihrer Schwester, dann immer seltener. Seit drei Jahren besuchte sie Anne nur noch an Weihnachten. Mit der Zeit entdeckte sie, dass der Schritt, aus der Provinz nach Paris zu ziehen, viel radikaler war, als ins Ausland zu gehen, was immer man darüber auch sagen mochte.

Eine lange Psychoanalyse trug ebenfalls dazu bei, Claire

von dieser »Clique« zu entfernen, wie sie sie nannte. Sie erzählte einem Psychoanalytiker im sechzehnten Arrondissement von ihrer Jugend, wozu Monica ihr geraten hatte, die sich wegen ihrer Lärm- und Krankheitsphobie ernsthaft Sorgen machte. Zwei Jahre lang versäumte sie keine Sitzung und achtete darauf, sich an diesen Tagen nie zu schminken, denn sie verließ die Praxis fast immer weinend. Dort vertraute sie diesem mehr oder weniger stummen Mann ihre idiotischsten Geheimnisse an, ihre Provinzbilder von zügellosem Sex, ihre willkürlichsten Hassgefühle und Phantasien, die »selbst Bosch sich nicht hätte ausdenken können«, erzählte sie Louise, die mit dem Gedanken spielte, sich ebenfalls analysieren zu lassen.

Zwei Ereignisse veranlassten Claire zu beenden, was eine lebenslange Analyse zu werden drohte. Eines Tages hörte sie ihren stummen Gesprächspartner sagen, sie sei »intelligenter als Ihre Eltern«. Diese banale Feststellung war für sie eine Offenbarung, die das Ende ihrer Introspektion bedeutete. Intelligenter als ihre Eltern zu sein, das verlieh ihr eine unerwartete, unverhoffte Freiheit und eine Macht, die sie nicht ausübte. Und dann begegnete sie Jean-Baptiste, dem »Aristokraten«, demjenigen, den sie den Mann ihres Lebens nannte. Er war unvereinbar mit einer Introspektion. Vor die Wahl zwischen diesem Mann und dem Mann des Sofas gestellt, zog sie den, der sprach, dem, der schwieg, vor. Sie teilte ihrem Psychoanalytiker schriftlich die Auflösung des Vertrags mit, in dem Wissen, dass sie von ihm die Erinnerung an eine seltene und hohle Stimme bewahren würde, die »fahren Sie fort« zu ihr sagte, wenn sie auf dem richtigen Weg war, und nach dunkler Zigarette roch. Sie schickte ihm eine Karte, auf der ein Gemälde von Dalí abgebildet war, *Traum, verursacht durch den Flug einer Biene um einen Granatapfel, eine Sekunde vor dem Aufwachen*, in Erinnerung an ihre eigenen Träume, die sie gemeinsam gründlich analysiert hatten. Sie zögerte lange vor dem Briefkasten, unsicher, ob sie schon bereit war aufzuhören, und auch, ob die Wahl ihrer Postkarte von gutem Geschmack zeugte.

Ihre Mutter am anderen Ende der Leitung war außer Atem. Claire hörte sich klaustrophobisch die fernen Beschwerden ihrer Eltern an, während sie mit einem schwarzen Filzstift an den Rändern eines Notizzettels ein perfektes Spinnennetz zeichnete. Ihr Vater erinnerte sie an den Geburtstag ihrer Patentochter. »Sie will eine Puppe, die Pipi machen kann«, warf ihre Mutter im Hintergrund ein.

Claire brach in Gelächter aus.

»Wie schrecklich! Ich wette, eines Tages wird es Puppen geben, die Durchfall haben, und irgendwann, warum nicht, sogar Puppen, die sterben!«

Ihr Vater stimmte zu, leicht verlegen. Es gelang ihr, den Einzug ihrer neuen Nachbarn anzusprechen, »ein Physiklehrer und vor allem ein sehr netter Japaner«. Das »Aha!« ihres Vaters sprach Bände. Ihre Eltern sahen sie bereits mit dem Lehrer zusammenleben, was hingegen den Japaner betraf, absolut undenkbar! Claire hätte das Gespräch am liebsten beendet. Das Wesentliche war gesagt für den Fall, dass sie verschwinden oder ermordet werden würde.

»Ich werde sicherlich nach Paris kommen, zur Spielwarenmesse …«

Sie hörte nicht mehr zu. Von ihrem Fenster im dritten Stock aus wünschte Madame Courtois ihr mit einem leicht verkrampften Lächeln einen guten Abend. Nach ihrem dritten Zeichen mit dem Kopf begriff Claire, dass irgendetwas nicht stimmte. Sie beendete hastig das Gespräch und eilte zu Madame Courtois hinauf, nachdem sie Ishidas Schlüssel eingesteckt hatte.

»Wer ist da?«, fragte Madame Courtois mit dünnem, total verschrecktem Stimmchen.

»Ich bin's, Claire.«

Als die Tür aufging, stand eine alte, abgeschminkte Mumie vor ihr, mit irrem Blick, die wenigen Haare unter einem feinen Haarnetz. In ihren gefütterten hellrosa Morgenrock eingeschnürt, führte sie Claire in ihr Wohnzimmer.

»Ich habe Geräusche bei Monsieur Ishida gehört«, sagte sie. »Ich dachte, er sei nach Hause gekommen, und bin hinuntergegangen, um ihn zu begrüßen. Aber er hat nicht aufgemacht. Dann bin ich wieder hinaufgegangen und habe noch einen Augenblick gelauscht. Ich habe gehört, dass Möbel verrückt und Türen geöffnet und geschlossen wurden. Ich habe sogar die Toilettenspülung gehört.« Claire fragte sich, wieso sie immer gedacht hatte, dass Madame Courtois taub war. »Aber ich habe kein Licht bei ihm gesehen.«

»Wann war das?«, fragte die junge Frau.

Sie erinnerte sich, dass sie stundenlang an ihrem Schreibtisch gesessen hatte, ohne aufzublicken, und dass sie einen Teil des Telefongesprächs mit ihren Eltern in der Küche geführt hatte. Sie hatte also nicht sehen können, was bei Ishida vor sich ging.

»Vorhin. Ich habe Sie angerufen, aber es war besetzt«, erwiderte ihre Nachbarin.

Claire ging zum Wohnzimmerfenster. Von Madame Courtois aus hatte man freie Sicht auf Rossettis Wohnung. Seine Vorhänge waren zugezogen, aber ein sehr schwacher Lichtschimmer deutete darauf hin, dass er zu Hause war oder zumindest das Licht hatte brennen lassen.

»Madame Courtois, versuchen Sie sich zu erinnern. Als Sie die Geräusche unten gehört haben, war Rossetti da zu Hause?«

Die alte Dame geriet in Panik, sie fühlte sich wie einst in der Grundschule, als sie, auf dem Podium stehend, die ganze Chronologie der französischen Könige aufsagen sollte. Sie verdrehte komisch die Augen.

»Ich … ich glaube nicht. Wissen Sie, das ist schwierig zu sagen. Seit er seine Vorhänge aufgehängt hat, sind sie ständig zugezogen. Er muss glauben, dass ich ihn ausspioniere.«

»Hmm«, sagte Claire, verärgert über die alte Frau, die nicht einmal imstande war, aus einem Blick Nutzen zu ziehen.

Claire ging zur Wohnungstür.

»Wohin gehen Sie?«, fragte ihre Nachbarin, äußerst beunruhigt.

»Zu Monsieur Ishida. Vielleicht hat jemand versucht, bei ihm einzubrechen.« Claire ertappte sich dabei, dass sie laut sprach.

»Aber das können Sie nicht machen, Mademoiselle Brincourt. Der Mann ist vielleicht noch da!« Ihre Stimme zitterte vor Panik und Verkalkung. Warum brüllt dieses Mädchen mir in die Ohren?, fragte sie sich.

»Na, dann kommen Sie doch mit«, sagte Claire.

Zu ihrer großen Überraschung war Madame Courtois tatsächlich bereit dazu, mit leuchtenden Augen, wie ein Dicker auf Diät mit Schaum vor dem Mund, der vor der Tür einer Konditorei »Angriff!« brüllt. Sie verschwand für ein paar Augenblicke in ihrem Schlafzimmer und kam dann mit einer Pistole heraus.

»Sind Sie noch zu retten, Madame Courtois? Sie glauben doch nicht, dass ich Sie damit hinunterlasse? Legen Sie sie dorthin zurück, wo Sie sie hergeholt haben, oder ich gehe ohne Sie!«

Die alte Dame gehorchte widerwillig, aber doch glücklich über ihren kleinen Überraschungseffekt.

»Woher haben Sie diesen Revolver?«, fragte Claire.

»Von meinem Mann. Eine Erinnerung an den Algerienkrieg. Leider habe ich keine Kugeln. Ich weiß nicht mal, wo man welche kaufen kann. Gehen wir?«, sagte sie munter.

Claire verließ die Wohnung, gefolgt von der alten Dame. Vom Treppenabsatz aus sahen sie Louise, die gegenüber am Fenster rauchte. Die junge Frau winkte ihr wild, was die Raucherin natürlich neugierig machte. Claire dachte, es sei wichtig, dass man sie sehe, falls es Probleme geben sollte. Sie betraten geräuschlos Ishidas Wohnung, und Claire schaltete das Licht ein.

»Sind Sie verrückt?«, rief Madame Courtois und machte es wieder aus.

»Gar nicht«, sagte Claire, stieß sie schonungslos beiseite und schaltete wieder ein. »Wir haben alles Recht der Welt, hier zu sein. Ishida hat mir seinen Schlüsselbund gegeben. Wir sind seine Freundinnen, soviel ich weiß. Wir können gekommen sein, um die Pflanzen zu gießen.«

»Es gibt keine Pflanzen«, sagte Madame Courtois, die ohne zu murren die Rolle der Assistentin übernommen hatte. Claire würdigte sie keiner Antwort und blickte aus dem Fenster. Rossettis Vorhänge waren noch immer zugezogen, und Louise war verschwunden.

»Gut«, sagte Claire und sah sich um. Sie verschwieg ihrer Komplizin, dass tatsächlich jemand in der Wohnung gewesen sein musste. Als sie in die Diele gekommen war, hatte sie sofort Rossettis leichtes Parfum erkannt, ein dezentes, aber hartnäckiges Eau de Cologne, das sie während der Schachpartie wahrgenommen hatte. Außerdem, dachte sie, hatte ich die Schlafzimmertür offen gelassen, und jetzt ist sie geschlossen. Sie trat ins Schlafzimmer, bemerkte nichts Besonderes und ging in die Küche, wo Madame Courtois den Inhalt des Kühlschranks inspizierte.

»Leer«, sagte sie. »Das ist der Kühlschrank eines alleinstehenden Mannes«, fügte die alte Dame betrübt hinzu.

»Oder von jemandem, der lange weg ist«, entgegnete Claire, äußerst beunruhigt.

Madame Courtois biss in einen Apfel, den sie im Gemüsefach gefunden hatte. Sie blickte sich träumerisch um. Diese verrückte Alte denkt, sie ist hier zu Hause, dachte Claire und verbarg ein spöttisches Lächeln über den Mülleimer gebeugt, in dem sie eine Bierflasche und zwei Kleenex fand. Anschließend inspizierte sie das Arbeitszimmer, Madame Courtois im Schlepptau, die ihr keinerlei Hilfe war. Claire fand nichts Interessantes in der Wohnung, und die beiden Frauen schlossen vorsichtig die Tür, nicht ohne Spuren zu hinterlassen: das Kernhaus eines Apfels und den Duft von Miss Dior für den nächsten Besucher, dachte Claire.

»Kommen Sie noch auf einen Tee zu mir«, schlug Madame Courtois vor, zu aufgeregt, um schlafen zu können.

Claire akzeptierte die Einladung nach kurzem Zögern, unwiderstehlich angezogen von dem Blick auf Rossettis Fenster.

Madame Courtois' Wohnung war vollgestopft mit den Überresten eines sehr bürgerlichen Lebens. Teurer Teppich, Schränke, die von Generationen von Domestiken gehätschelt worden waren, Vitrinen mit Keksen, Jadebuddhas und Straußeneiern, ein intarsienverzierter Sekretär mit goldenen Schlössern. Die Wände bogen sich unter dem Gewicht einer Vielzahl von Gemälden, die jeweils eine Epoche, einen Stil oder eine Mode der letzten fünfzig Jahre repräsentierten. Claire setzte sich in einen Sessel, von dem aus man direkt in den Hof blicken konnte. Bei Rossetti rührte sich nichts. Sie sah, dass bei Monsieur Lebovitz kein Licht brannte. Auf dem Bildschirm des jungen Informatikers konnte sie eine Szene aus einem Film verfolgen, den sie kannte, an dessen Titel sie sich aber nicht erinnerte. Dabei war es ein Film, den sie liebte. Eine Großaufnahme von Danielle Darrieux, die Lider schwer vor Müdigkeit und bürgerlicher Verachtung. Wie dumm! Das ist *Madame de…*!, dachte sie. In diesem Augenblick stellte Madame Courtois zwei Tassen mit einer glühend heißen hellgrünen Flüssigkeit auf ein rundes einbeiniges Tischchen. Claire hatte sie ganz vergessen. Sie betrachtete die alte Dame und fand, dass sie eine entfernte Ähnlichkeit mit Suzanne Flon und auch mit Madeleine Renaud hatte. Niemand im Haus mochte sie, und Claire war da keine Ausnahme. Für sie war es jedoch eine Ehrensache, ihre Nachbarin nicht zu ignorieren, denn sie würde bald sterben, das war eine reine Frage der Zeit und daher ein ausreichender Grund, sie nicht fallenzulassen. Mit einem Mal fühle sie sich jedoch so müde, dass sie nicht wusste, worüber sie sich mit ihr unterhalten sollte. Gefangen genommen von Vittorio De Sicas herzzerreißend schönem Gesicht, schlief sie neben Madame Courtois ein, die auf ihren Eisenkrauttee pustete und sie ansah. Da ihre Position unbequem war, wachte sie einige Zeit später wieder auf, den Kopf zwischen den Beinen.

Sie erinnerte sich, wo sie war. Madame Courtois war verschwunden. Claire entdeckte die alte Dame schlafend in ihrem Bett. Ich hätte nie gedacht, dass die alten Leute in den gleichen Positionen wie die jungen schlafen, dachte sie. Sie löschte das Licht und kehrte in ihre Wohnung zurück.

Dort lief sie lange zwischen Wohn- und Arbeitszimmer hin und her. Warum war Rossetti in Ishidas Wohnung gegangen? Wie war er ohne Schlüssel und ohne die Tür aufzubrechen hineingekommen? Und wozu? Vermutlich um etwas zu suchen? Eine Adresse, den Ort, an dem ihr Freund sich befand?

Claire ging voller Angst ins Bett. Wie sollte sie es anstellen, Rossetti abzuhängen? Denn sie war jetzt überzeugt, dass er mit ihrer Hilfe versuchen würde, den Japaner zu finden. Sie verbrachte eine unruhige Nacht, in der sie durch einen Sumpf irrte, in karierten Stiefeln, die undicht waren und die ihre Mutter wohl, wie sie argwöhnte, im Ausverkauf erworben hatte. Sie wusste, dass die gräuliche Flüssigkeit mit roten Krustentieren verseucht war. Jemand, der ihr Böses wollte, hatte die Meerestiere in diesen widerlichen Sumpf verfrachtet, damit sie sie frühmorgens verschlangen. Claire war in diesem stummen Traum in großer Gefahr, in dem sie als postnukleare Heldin auf der Suche nach Überlebenden war. Sie wurde von einem schrillen und äußerst hartnäckigen Klingeln geweckt.

12

»Was für eine Rücksichtslosigkeit«, dachte Claire und stieß die Decke wütend von sich.

»Wer ist da?«, fragte sie ziemlich unfreundlich.

»Lucie«, erwiderte eine leise Stimme knapp über dem Boden.

Claire erinnerte sich an ihr Versprechen und öffnete, verwirrt, entnervt und jetzt schon müde. Hinter Lucie stand ihre Mutter, das falsche Lächeln einer Pressesprecherin auf ihrem vierzigjährigen Gesicht, das sie am liebsten geohrfeigt hätte. Sie hatte die Hand seltsamerweise flach auf den Kopf ihrer Tochter gelegt, als wollte sie ihn nach unten drücken.

»Salut, meine Schöne!«, sagte Claire zu ihrer kleinen Freundin. »Komm rein, ich bin gleich bei dir.« Lucie verschwand in den Tiefen der Wohnung, ohne sich von ihrer Mutter zu verabschieden. »Wann holst du sie wieder ab?«

»Ich weiß nicht genau.«

»Mir wäre lieber, du wüsstest es. Ich habe am späten Vormittag eine Sitzung.« Louise blickte aus dem Fenster im Treppenhaus und biss sich auf eine mit Sicherheit aufgespritzte Lippe. »Also hau schon ab!«, rief Claire und schlug ihrer Nachbarin die Tür vor der Nase zu.

Sie wartete, ob die andere reagieren, noch einmal klingeln würde. Nach ein paar Sekunden hörte sie, wie Louise seelenruhig die Treppe hinunterging, im vollen Bewusstsein ihrer hohen, sehr hohen Absätze.

Claire war halb verhungert und bat Lucie, ihr in die Küche zu folgen. Auf ihre kleine Nachbarin aufzupassen kam ihr heute wirklich ungelegen. Sie war kein pflegeleichter Gast. Und die junge Frau hatte nicht die Gewohnheit, Kinder in die Zwischenräume abzuschieben, die übrig bleiben, wenn die Erwachsenen sich aus dem Tagesablauf die Rosinen herausgepickt haben. Da war diese Sitzung mit Legrand, die sie nicht versäumen durfte. Und da war all dieser Ärger, den sie nicht mehr ignorieren konnte: Rossettis Anwesenheit, Ishidas Abwesenheit und die merkwürdige Drohung, die in ihren Ohren widerhallte, quälend wie ein Tinnitus, eine Form ohne Konturen. Sie schloss jeden Verfolgungswahn aus und zwang sich, es auf den nächsten Tag zu verschieben, Ishida um eine Erklärung zu bitten. Sie musste auch darüber nachdenken, wie sie sich Rossettis Überwachung entziehen konnte, etwas ganz Gewöhnliches in den Spionageromanen und doch so verrückt im wirklichen Leben.

»Wenn du auf der Straße jemanden abhängen müsstest, wie würdest du es anstellen?«, fragte Claire das kleine Mädchen, das, eine Serviette um den Hals, brav vor einer Tasse Kakao und einem Butterbrot saß. Lucie sah Claire eindringlich an und starrte dann auf die Fettaugen, die auf der Flüssigkeit schwammen. Dann blickte sie auf.

»Ist es ein Erwachsener oder ein Kind?«

»Ein Erwachsener.«

Lucie wirkte enttäuscht. Vermutlich kannte sie eine Möglichkeit, Kinder abzuhängen, die bei Erwachsenen nicht funktionierte.

»Ich glaube, ich würde ganz früh aufstehen, wenn er noch schläft, und einen Zug nehmen, der nach Brüssel fährt. Wenn ich dort wäre, würde ich in ein sehr teures Hotel gehen, weil der andere arm ist und dort nicht hineinkäme. Und dann würde ich warten.«

Claire unterdrückte ein Lachen. Warum gerade Brüssel?, dachte sie.

»Das Problem ist, dass ich in Paris bleiben muss.«

»Ach so! Dann musst du also jemanden abhängen?«

Eine leichte Besorgnis blitzte in Lucies Blick auf, die mit einem Mal ihre Pläne für den Tag zunichtegemacht sah.

»Ja und nein. Ich möchte eine Geschichte schreiben und stecke ein bisschen fest. Ich zerbreche mir den Kopf, wie mein Held einen bösen Mann abhängen kann, der ihn verfolgt.«

»Böse?«, fragte Lucie und nickte mit dem Kopf, ohne es zu bemerken.

»Ja. Ein wenig, nicht zu sehr, wenn du willst.«

»Wie sieht er aus?«

»Er ist ziemlich groß, blond, und er trägt karierte Hemden.«

»Dann ist es der neue Mann, der im dritten Stock wohnt!«, sagte das kleine Mädchen triumphierend.

»Überhaupt nicht«, entgegnete Claire nachdrücklich.

Lucie ließ es dabei bewenden. Sie lächelte noch einen Augenblick zufrieden, während sie lustlos in ihr Butterbrot biss. Sie hatte schon bei ihrer Mutter gefrühstückt, aber Claire wäre enttäuscht, wenn sie ihr das sagen würde. Lucie sah zu, wie Claire ihren Tee trank, mit den Gedanken im Licht des kleinen Hofs.

»Mein Papa ist weggegangen.«

»Was?«, fragte Claire fassungslos.

»Ja, für drei Tage. Wegen seiner Arbeit.«

»Und wohin?«, fragte Claire, die ihre Hand dafür ins Feuer gelegt hätte, dass es Brüssel war.

»Nach Brüssel.«

Sie schwiegen einen Augenblick. Dann räumte Claire die Küche auf, während Lucie mit magnetischen Buchstaben einen interessanten Satz an die Tür des Kühlschranks schrieb: »Ich laufe schneler als der Zuk.« Claire schaltete den Fernseher ein und fand einen Kinderkanal, der endlos Zeichentrickfilme abnudelte, die die Zielgruppe und ihre Eltern nicht die Bohne interessierten. Lucie setzte sich, an diese Manipulation gewöhnt, auf das Sofa und versetzte sich augenblicklich in den Zustand der Apnoe, ohne dass Claire sie darum hätte bitten müssen. Claire benutzte diese Technik nur, wenn es notwendig war, wie jetzt bei ihrer Toilette, die sie in Rekordzeit erledigte, als sei Lucie in Gefahr allein vor dem überaus turbulenten Bildschirm.

Sie sammelte ihre Sachen zusammen, steckte sie in ihre Aktentasche und lauschte einen Augenblick, ob sich über ihr etwas bewegte. Da sie kein Geräusch hörte, fragte sie sich, ob Ishida nicht ganz einfach verrückt geworden war mit seinen Briefchen, die er wie der Kleine Däumling seine weißen Kiesel in der Gegend verstreute. Sie sah sich wieder im Schlafzimmer ihres Nachbarn in seinem Kimono. Sofort errötete sie und verscheuchte das Bild wie eine Mücke auf der Haut, die man mit einer Handbewegung verjagt.

Sie fand Lucie sehr blass, machte sich Sorgen und sagte sich dann, dass das kräftige Rot ihres Sofas jeden schlecht aussehen ließ.

»Gehen wir?«, sagte sie und schaltete den Fernseher aus.

»Wohin?«, fragte Lucie hoffnungsvoll.

»Ins Spielzeuggeschäft. Ich muss eine Puppe für meine Patentochter kaufen, weißt du, Chloé, die Tochter meiner Schwester, und ich brauche deine Hilfe. Und als Belohnung für deinen Rat darfst du dir auch etwas aussuchen.«

»Ja!«, sagte das kleine Mädchen, vollkommen begeistert von diesem Programm, das nur Claire erfolgreich durchziehen konnte, ohne unterwegs die Meinung zu ändern.

Lucie war abonniert auf fehlgeschlagene, geänderte, vermasselte Pläne. Sie kannte alle dunklen Winkel der Enttäuschung, dieses Gefühl, das einer großen Müdigkeit bei den sogenannten »braven« Kindern ähnelt. Die Erfahrung hatte sie gelehrt, dass Claire eine zuverlässige Erwachsene war, die tat, was sie sagte, eine Seltenheit.

Der Vormittag war kühl. Claire wollte bei Louise vorbeigehen, um eine Jacke für das kleine Mädchen zu holen, dessen nackte Arme sie frösteln ließen. Sie klingelte auf gut Glück, fast sicher, dass ihre Nachbarin nicht da war. Das Geräusch der Klingel löste ein eigenartiges Hin und Her hinter der Tür aus. Claire hatte das Gefühl, ein unterdrücktes Lachen zu hören. Sie wartete einen Augenblick, klingelte erneut und ging schließlich, entsetzt über die Präsenz, die sie so stark hinter der Tür gespürt hatte.

In der Metro wurde Claire wie üblich für die Mutter von Lucie gehalten. Die Blicke gingen unweigerlich zwischen beiden hin und her, wie bei einem Suchbild. Die Leute suchten die Nase der einen bei der anderen, die Augen, die Form des Gesichts, und fanden schließlich, Claire war überzeugt davon, eindeutige Ähnlichkeiten zwischen der Frau und dem Kind. Claire hatte eine Theorie: Im Leben war alles eine Frage der Suggestion, die Wahrheit war nur eine Anekdote, ein einfaches Element in einer Gesamtheit gleich wichtiger Wahrscheinlichkeiten. Sie hatte entdeckt, dass dies in Japan eine Selbstverständlichkeit war, und freute sich, dass ein ganzes Volk ihre persönlichen Ideen stützte.

Claire war sehr stolz darauf, mit Lucie unterwegs zu sein. Ihre Mutter kleidete sie wunderschön, wie eine sehr teure Sammlerpuppe. Zu sehr mit sich selbst beschäftigt, konnte sie sich jedoch nicht vorstellen, wie sehr Lucie durch diese kostbaren Verkleidungen auf dem Schulhof auffiel. Claire fragte sich, ob Louise ebenfalls das kleine Mädchen gewesen war, das in einer Ecke des Schulhofs in einem Seidenkleid und mit weißen Socken mit sich selbst gesprochen hatte. Sie betrachtete Lucie, die sehr gerade und reglos neben ihr saß, und dachte, dass sie diesen teuflischen Kindern in amerikanischen Horrorfilmen glich: Die Kamera nähert sich dem Gesicht des kleinen Mädchens, und in der Großaufnahme entdeckt man in seinem starren Blick und in seinem kaum angedeuteten Lächeln, dass es vom Teufel besessen ist und eine gefährlich blutrünstige Macht besitzt.

»Gehst du mit deiner Mama spazieren?«, fragte eine alte Dame kaum hörbar im Geratter der Gleise.

»Ja«, erwiderte Lucie. Sie sah Claire an, auf Zustimmung hoffend, da sie nicht sicher war, ob sie mit dieser Person sprechen durfte.

Claire hatte andere Sorgen. Sie war sicher, dass sie den Typen, der am anderen Ende des Wagens saß, schon einmal gesehen hatte, obwohl man in einer Stadt wie Paris ein ganzes Leben verbringen konnte, ohne einem vertrauten Gesicht zu begegnen. Sie konnte ein Lied davon singen, seit Jean-Baptiste, der Mann ihres Lebens, verschwunden war und sie ihn überall sah, ohne ihm je zu begegnen. Sie blickte ostentativ in seine Richtung, um ihn in Verlegenheit zu bringen. Er ignorierte sie ebenso ostentativ, was Claire jedoch keineswegs beruhigte. Ein Mann reagiert immer auf den Blick einer Frau, dachte sie, selbst wenn sie hässlich ist.

Sie nahm Lucie an der Hand und verließ an der nächsten Station hastig den Wagen. Der Typ stieg ebenfalls aus. Claire blieb wie erstarrt auf dem Bahnsteig stehen, Lucie wie eine natürliche Wucherung am Ende ihres Arms. Der Typ in schwarzem Polohemd und verwaschener Jeans vertiefte sich in die Betrachtung des Fahrplans an der Wand. Da sie feststellte, dass sie noch sehr weit von ihrem Ziel entfernt war, wartete sie, vollkommen reglos auf dem Bahnsteig stehend, auf die nächste Metro. Als sie einfuhr, folgte der Mann ihr nicht. Claire sagte sich, dass er bestimmt in einen anderen Wagen gestiegen war. Von einem leicht nervösen Fahrer hin und her geschaukelt, sah sie Bilder aus Filmen der sechziger Jahre mit Alain Delon oder Gene Hackman, die im Film das erlebten, was ihr zu ihrer größten Überraschung in echt passierte. Sie ärgerte sich, dass sie im letzten Monat beschlossen hatte, ohne Handy zu leben, nachdem sie an einem Sonntag zehn Anrufe in Abwesenheit von Legrand erhalten hatte, der sie wegen eines noch nicht abgegebenen Manuskripts verfolgte.

Als sie nach ihrem altbewährten »Farbenspiel« – es ging darum, im Vorhinein die Farbe der Sitze an der nächsten Station zu erraten, und Lucie hatte fünf zu drei gewonnen – angekommen waren, betraten die beiden Freundinnen ein großes Kaufhaus, das zu Recht für seine Spielzeugabteilung berühmt war. Nachdem sie mehrmals überprüft hatte, dass niemand ihr folgte, entspannte Claire sich zwischen riesigen Stofftieren, die sich weich anfühlten, und Roboterhunden aus weißem Plastik, die in den Gängen im Kreis liefen. Lucie, die diese Abteilung wie ihre Westentasche kannte, zog Claire zu den Puppen. Dort kontrastierten Regale in den dominierenden Farben Rosa und Silber, die an ein Boudoir des 18. Jahrhunderts erinnerten, mit solchen, die dem Tor einer jener Fachhochschulen glichen, die auf die Berufe Friseurin und Kosmetikerin vorbereiteten. In dieser, wie Claire murmelte, »unglaublichen« Abteilung betrachteten dicke Köpfe, bezeichnet als »Frisierköpfe«, die Kunden aus ihren Glubschaugen mit fatalistischem Blick. Sie sahen aus, als seien sie zu allen Extravaganzen sadistischer Mädchen bereit, die sie zu Huren schminken würden. Auf der Boudoirseite lagen Babys, die ebenso erlesen gekleidet waren wie Lucie, schlaff in Fensterschachteln und warteten mit eingezogenem Kopf darauf, dass ihre Stunde schlug. Sie waren schön wie echte Kinder. Lucie begeisterte sich eindeutig stärker für die Friseurmodelle als für ihre eigenen Klone. Ohne sie zu berühren, liebäugelte sie mit einer Gliederpuppe, deren Gesicht durch ein vorzeitiges Lifting entstellt war und deren wulstige Lippen ihr das Aussehen eines Welses verliehen. Die Puppe trug ein mit Lamé durchwirktes sehr kurzes Top, das einen gepiercten Bauchnabel frei ließ und nur mit Mühe einen gewaltigen Busen bedeckte. Ein Minikilt erinnerte daran, dass die Puppe eine Jugendliche war und nicht eine alte Prostituierte, wie man zu Unrecht hätte glauben können. Claire wusste im Voraus, dass Louise ihrer Tochter nicht erlauben würde, mit dieser unmöglichen Jugendlichen zu spielen, und dass es sinnlos war, sie erstens zu provozieren und zweitens 29 Euro für ein Spielzeug auszugeben, das ihr weggenommen werden würde. Sie benutzte das Geschenk für ihre Nichte als Vorwand, um zu den harmlosen Puppen zurückzukehren. Dort führte sie Lucie geschickt zu einem Modell mit zahlreichen Accessoires, das sie ein Vermögen kosten würde. Die arme Chloé würde sich mit einer Mittelklassepuppe zufriedengeben müssen, ohne Accessoires, ohne Pipi und ohne Aa, ein wenig steif in ihrer asiatisch anmutenden Kleidung. Claire sah bereits ihre Schwester, wie sie die Puppe zweifelnd von allen Seiten betrachtete auf der Suche nach einem eventuell vergessenen Etikett, das ihre Zweifel in Bezug auf den Preis des Geschenks bestätigen würde. Claire mochte ihre Nichten und Neffen sehr, doch ihre Mutter hatte eine solche Sicherheitsschranke zwischen der ganzen Welt und ihnen errichtet, dass sie sich nicht mehr für das interessierten, was nicht im Blickfeld ihrer Eltern lag. Sie waren für alle Zeiten süchtig nach den Komplimenten von Papa und Mama, und es war praktisch unmöglich, ihre Aufmerksamkeit zu gewinnen. Das Ergebnis war, dass man das Interesse an diesen Kindern verlor, die auf reizende Art woanders waren.

Da sie fürchtete, Claire könnte ihre Meinung doch noch ändern, benahm Lucie sich, die Schachtel mit der Puppe unterm Arm, so unauffällig wie möglich. Es fiel ihr schwer zu glauben, dass die Scheußlichkeit, die Claire in der Hand hielt, für ihre Patentochter sein sollte und das schönste Spielzeug des ganzen Ladens für sie. Wenn sie dazu in der Lage gewesen wäre, hätte sie zu atmen aufgehört. An der Kasse war kein Zweifel mehr möglich, Claire hatte die Puppen nicht ausgetauscht, und diese wunderschöne Puppe war wirklich für sie bestimmt.

»Das ist der schönste Tag meines Lebens!«, sagte das kleine Mädchen ganz ernst, während sie die Rolltreppe hinauffuhren.

Claire schlug ihr einen Abstecher zum Karussell im Jardin du Luxembourg vor und stellte ihr ein Eis in Aussicht. Ihre Sitzung war mittags, sie hatte also noch etwas Zeit. Sie dachte, dass derjenige, der ihr folgte, die Lächerlichkeit nicht auf die Spitze treiben würde, indem er sich hinter einem Baum verstecken und früher oder später gezwungen sein würde, sich zu zeigen, eine Vorstellung, die sie allerdings nicht wirklich beruhigte.

Lucie schaukelte in einer grünen Wiege. Das Eis vor dem Karussellfahren zu kaufen war keine sehr brillante Idee gewesen, doch das kleine Mädchen hatte wie immer ihre Bewegungen und die Situation bestens unter Kontrolle. Die Kugel Schokoladeneis hatte keine Chance, auf ihrem beigen Seidenkleid zu landen. Jedes Mal, wenn sie an Claire vorbeikam, überprüfte sie, dass die Tüte mit ihrer Puppe noch am Arm ihrer geliebten Nachbarin hing. Nach fünf Runden verlor Lucie allmählich die Lust und sagte sehr lieb zu Claire:

»Ich werde jetzt vielleicht aufhören. Du langweilst dich bestimmt auf deiner Bank.«

Die Diplomatie und das Taktgefühl mancher Kinder verkörperten für Claire die Noblesse in Reinkultur. Lieber sterben als verletzen. Sie selbst hatte diesen Seelenadel nicht gehabt und sah sich wieder, wie sie als eifrige Denunziantin jedem, der es hören wollte, die kleinen Fehler ihrer Eltern oder ihrer Schwester enthüllte. Erst die Jugend und die Literatur hatten sie die Wollust des Geheimnisses und die Eleganz des Schweigens entdecken lassen.

Die beiden Freundinnen spazierten im Gleichschritt durch den Jardin du Luxembourg zwischen einer schon warmen Sonne und einem noch kühlen Schatten. Lucie fügte ihren Trophäen des Tages noch eine bunte Windmühle hinzu. Sie brannte darauf, die Puppe aus ihrer Schachtel zu holen und die vielversprechenden Accessoires, die zu ihr gehörten, genauer unter die Lupe zu nehmen. Sie hatte bereits eine silberne Haarbürste und eine Dose entdeckt, die eine Cremedose sein musste. Hoffentlich ist es kein Lippenbalsam wie der von Mama, dachte sie. Es gab auch drei Paar Schuhe zum Wechseln, darunter ein Paar Hausschuhe, und ein in die Augen stechendes rotes Kleid. Sie hätte alles dafür gegeben, die Schachtel hier, auf einer Bank, herausholen und die Details dieser Abendrobe hinter dem durchsichtigen Plastik betrachten zu können. In Gedanken versuchte sie sich an die Gesichtszüge der Puppe zu erinnern, während sie die Tüte aus dem Spielzeugladen betrachtete, die gefährlich an Claires Arm hin und her schaukelte.

»Ich trage sie, wenn du willst«, sagte sie zu der Riesin, die sie an der Hand hielt.

»Hör zu, meine Schöne, ich habe eine Sitzung und

werde dich mitnehmen. Wir werden einen ruhigen Platz finden, wo du dich hinsetzen und mit deiner Puppe spielen kannst.«

Lucie nickte, ohne sich zu trauen, diese unglaubliche Frau anzusehen, die ihre Gedanken lesen konnte.

Seit einiger Zeit verlangte Legrand Claires Anwesenheit bei allen Sitzungen. Der kritische Geist seiner Redakteurin missfiel ihm zwar zutiefst, aber er musste zugeben, dass manche ihrer Vorbehalte die Éditions Legrand vor ein paar schweren Missgriffen bewahrt hatten. Außerdem hatte Claires besondere Stellung, die ihr erlaubte zu kommen und zu gehen, ohne Rechenschaft ablegen zu müssen, ihr im Haus einige Feindschaften eingebracht, die sie beharrlich pflegte. Der Literaturagent, den sie hatte abblitzen lassen, versäumte es niemals, sie von hinten mit Blicken zu töten, und der Zugang zum Büro der Graphiker war ihr stillschweigend verboten. Obwohl er sich des Unfriedens bewusst war, den der unabhängige Status seiner Redakteurin unter seinem Personal auslöste, fühlte Legrand sich merkwürdig beruhigt durch Claires Sarkasmen, und an diesem Vormittag freute er sich, als er sie in den Hof kommen sah, auch wenn sie es in ihrer Überspanntheit ganz normal fand, in Begleitung eines kleines Mädchens zu einer Sitzung zu kommen.

13

Lucie machte einen Goldfischmund, als sie in Legrands Büro trat. Dieses makellose Weiß, ein wahrer verschneiter Garten, übte eine sofortige stumme Faszination auf sie aus. Claire erlaubte ihr, sich auf einen dicken Wollteppich zu setzen, und half ihr, die Schachtel mit der Puppe zu öffnen.

»Wenn du etwas brauchst oder dich langweilst, siehst du die Tür da? Du öffnest sie einfach, und ich bin dahinter. Okay?«

Claire hätte ihr gern einen Fruchtsaft aus dem Automaten beim Eingang gekauft, doch die Farbe in Form eines winzigen orangefarbenen Flecks auf dem Teppich wäre einer Beleidigung dieser Zelle eines Schwerkranken gleichgekommen.

Claire fand ihre Kollegen im Sitzungssaal vor. Da saßen Agnès Leclerc, die Pressesprecherin, Dominique Rêtre, der Vertriebsleiter, und Jean-Luc Damias, der Direktor von »Rumeurs des romans«, der wichtigsten Kollektion des Verlags.

»Ich habe keine Tagesordnung bekommen«, sagte die Pressesprecherin überrascht.

Agnès Leclerc war eine etwa dreißigjährige gefärbte

Rothaarige, die vor drei Jahren mit großem Trara in den Verlag gekommen war, weil sie die Tochter eines Ministers war. »Sie kennt alle Welt«, hatte Legrand damals mit irrem Glanz in den Augen gesagt. Anlässlich einer kürzlichen Kabinettsumbildung hatte man dem Vater gedankt, und er war in seinen Wahlkreis in der Provinz zurückgekehrt, wo er weniger exponierte Ämter bekleidete. Agnès hatte dadurch etwas von ihrem Glanz verloren, aber sie hatte mit hocherhobenem Kopf durchgehalten, unterstützt von Madame Legrand persönlich.

Dominique Rêtre holte sein Päckchen Zigaretten heraus, und alle folgten ihm auf den Balkon. Es herrschte eine seltsame Stimmung. Seit der Buchmesse in Saint-Malo, die in einem Psychodrama geendet hatte, kamen sie zum ersten Mal alle vier wieder zusammen.

Nach einem von der Départementverwaltung organisierten Abendempfang, der in einem restaurierten Kulturdenkmal stattgefunden hatte, war Claire mit einem total betrunkenen Dominique Rêtre in der Damentoilette gelandet. »Mein Leben ist eine einzige Katastrophe«, hatte er vor dem Spiegel erklärt, während er sich mit einem mentholgetränkten Kleenex von Claire das Gesicht abgewischt hatte. Sturzbäche bitterer Tränen vergießend, den breiten runden Rücken über das Waschbecken gebeugt, war der Vertriebsleiter mit den weichen rosigen Händen von unkontrollierbaren Zuckungen geschüttelt worden. Claire wusste, dass Dominique einen behinderten Sohn und eine frömmlerische Frau hatte, die fest überzeugt war, dass dieses Kind ein Geschenk des Himmels war. Verwirrt vom Kommen und Gehen der Gäste, die sich, nachdem sie geräuschvoll die Wasserspülung gezogen hatten, die Hände wuschen, war Claire von der Situation überfordert gewesen.

»Aber es gibt Einrichtungen …«

Rêtre, der sich kaum noch auf den Beinen halten konnte, hatte den Kopf gehoben, Claire angestarrt und gebrüllt:

»Nein! Nein! Es gibt keine Einrichtungen. Es gibt keine Einrichtungen. Es gibt nur die Hölle!«

Claire hatte diesen Abend, der damit noch nicht zu Ende war, in schrecklicher Erinnerung behalten. Von einem ziemlich geilen Legrand in einen Nachtclub geschleppt, hatte sie eine ganze Weile auf einem wackligen Puff aus Schaumstoff gewartet, dass jemand sich entschloss, sie in die Stadt zurückzubringen. Legrand pflegte zu sagen, »die besten Verbindungen werden an den unerwartetsten Orten geknüpft«, und Agnès nützte jede Messe in der Provinz, um einen Autor zu verführen. Sie verstand es, Nutzen zu ziehen aus dem Gefühl der Verlorenheit, das diese empfindlichen Wesen in einer fremden Umgebung, in dem beunruhigenden Gewühl der Messen und in den Sternerestaurants überfiel. Nach einem Abstecher in eine Diskothek nahm sie sie in ihr Hotelzimmer mit. Zurück in Paris, fand der Autor sich wieder zurecht und Agnès Leclerc ihre Würde wieder. Und schließlich hatte Jean-Luc Damias es an diesem berühmten Abend geschafft, sich die

Kasse mit den Tageseinnahmen klauen zu lassen, die er ins Hotel bringen sollte.

Legrand hatte es eilig, mit der Sitzung zu beginnen, und wartete, dass alle ihre Plätze einnahmen.

»Charlotte, bringen Sie mir einen Kaffee«, rief er durch die Wand.

Man sprach über den Bücherherbst, über die großen Verlagshäuser, die bereits ihren tiefen Schatten über die bescheidenen Veröffentlichungen der Éditions Legrand zu werfen begannen, und über die Möglichkeit einer Assistentin für Agnès, »ich schaffe es allein nicht mehr; und ich habe eine Nichte, die Arbeit sucht«. Man erörterte das Thema des schwierigen Charakters von Autoren im Allgemeinen und eines ganz konkreten im Besonderen, »nicht gesellschaftsfähig«, Agnès zufolge, die sich kategorisch weigerte, sich um ihn zu kümmern. Wie die Familienessen hatten diese Sitzungen stets eine beruhigende Wirkung auf Claire. Sie schaute mehr, als dass sie zuhörte, verlor sich in der Betrachtung eines Schmuckstücks am Hals von Agnès, verfolgte den Tanz von Dominiques weichen Händen, verschwand in einem Plakat oder einer frisch rasierten Wange. Wenn sie gegenüber dem Fenster saß, setzte sie sich gedanklich auf einen Zweig der bemoosten Linde im Hof. Sobald Legrand sie um ihre Meinung bat, reagierte sie jedoch sofort und kam mit einem dezidiert kritischen Standpunkt daher, da sie in diesem Haus nun einmal für alle Zeiten die Rolle des Advocatus Diaboli übernommen hatte.

An diesem Vormittag drang leise Musik aus dem geöffneten Fenster herein und verlieh der Sitzung etwas Irreales. Die Poesie dieser Klaviermelodie, die ein im Haus wohnender musikliebender Arzt spielte, gab Claire das Gefühl, die »Büroszene« in einem Musical zu erleben.

»Claire, ich verlasse mich auf Sie«, sagte Legrand.

»Natürlich«, erwiderte Claire, obwohl sie nicht die geringste Ahnung hatte, was sie da gerade versprochen hatte.

Der Verleger ließ alle Anzeichen der vorsommerlichen Unruhe erkennen, die es jedes Jahr von neuem schaffte, Agnès Leclerc ihre Sommerfrische in Italien zu verderben. Porös wie ein Schwamm, angeschwollen durch den Druck eines phantasierenden Legrand, der sich völlig unrealistische Presseaktivitäten einbildete, wirkte die arme Pressesprecherin überfordert. Dominique Rêtre unterdrückte mit feuchten Augen ein Gähnen, während Jean-Luc Damias auf seinem Stuhl herumzappelte wie ein Junge im Unterricht, kurz bevor es zum Mittagessen läutet.

Legrand dankte allen. Claire fand ihren Schützling im weißen Büro wieder. Auf dem Teppich sitzend, diskutierte Charlotte, die ewige Sekretärin, die ihr Leben sinnlos und ganz alte Schule für ihren Chef aufgeopfert hatte, mit einer begeisterten Lucie über Mode.

»Ist das Ihre?«, fragte Legrand ironisch.

»Ich sagte es Ihnen doch«, erwiderte Charlotte genervt.

Claire hatte bereits bemerkt, dass der bestellte Kaffee nie gekommen war. Sie erklärte sich das einigermaßen plausibel mit Unstimmigkeiten hinsichtlich der Urlaubstermine der Sekretärin.

»Ich passe heute auf sie auf.«

»Wollten wir nicht zu Mittag essen?«, fragte Legrand und blätterte nachlässig in seinem Terminkalender. Claire hatte gehofft, Lucies Anwesenheit würde ihr diese lästige Pflicht ersparen.

»Doch, doch«, sagte sie resigniert.

Sie half Charlotte, die kleinen Accessoires einzusammeln und in die Schachtel zurückzulegen. Sie teilten seit fünfzehn Jahren ein Leben ohne Kinder und Ehering an der linken Hand.

»Hast du Lust, im Restaurant zu essen?«, fragte Claire Lucie.

»Ja, okay«, erwiderte das kleine Mädchen und überprüfte unauffällig, dass nichts auf dem Teppich oder in den Händen der netten, aber eben doch unbekannten Dame vergessen worden war.

»Rufen Sie bei Mallarmé an und sagen Sie, dass wir zu dritt sind. Na ja, zweieinhalb«, sagte Legrand aufgekratzt, die flache Hand wie Louise auf Lucies Kopf.

Lucie an der Hand und den riesigen Legrand, der mit seinen Gedanken woanders war, neben ihr, versuchte Claire sich gar nicht erst vorzustellen, was die Passanten denken mochten. Ein runder Tisch mit Blumen wartete auf der Terrasse im Schatten eines Sonnenschirms auf sie. Man reichte ihnen die Karte. Sie bestellten rasch, Lucie war egal, was sie aß. Claire erlaubte ihr, ihre Puppe herauszuholen, aber dazu nur die Schuhe, da der Tisch zu voll war, um alle Accessoires auszubreiten.

»Na ja, besser als nichts«, sagte Lucie dankbar.

Legrand blickte sich um. Das Restaurant war ein Treffpunkt für Verleger.

»Ich habe mit Ihrem Freund, Christian Dietrich, telefoniert. Wir treffen uns nächste Woche.«

»Hmm«, sagte Claire, die hinten im Restaurant eine Gestalt bemerkt hatte, die ihr einiges sagte. Unmöglich, dachte sie.

»Ich bin nicht sehr scharf darauf, eine Assistentin einzustellen. Agnès macht etwas viel Wind, im Grunde ist sie gar nicht so überlastet.«

Claire war müde. Sie hatte nicht die geringste Lust, sich anzuhören, wie dieser Klon von Bryan Ferry sein Personal kritisierte, und außerdem noch einem falschen Jean-Baptiste zu begegnen.

»Alles in Ordnung, Claire?«, fragte Legrand.

»Ich habe im Augenblick ein wenig Ärger«, erwiderte Claire etwas abgespannt.

»Was für Ärger?«

»Ich werde von einem zwielichtigen Typen verfolgt, der glaubt, ich würde ihn auf die Spur eines japanischen Diplomaten führen.«

Lucie, die sich an die Geschichte mit dem Helden im karierten Hemd erinnerte, brach in ein so spontanes und fröhliches silbriges Gelächter aus, dass Claire und Legrand sie verblüfft ansahen.

Die Salate kamen. Das kleine Mädchen untersuchte seinen und legte sorgfältig alle Sardellen, Orangenscheiben und grünen Spargel auf die Seite.

»Ernsthaft ...«

»Ich bin sehr ernst. Aber ich sehe, dass Sie das nicht interessiert. Sprechen wir also von etwas anderem, von Ihrer Frau zum Beispiel.«

Claire hatte zu essen begonnen und blickte daher nicht zu Legrand. Sonst hätte sie gesehen, dass dieser sich verspannte und tief durchatmete, wie ein künftiger Herzkranker. Beide wussten, dass sie hier waren, um über sie zu reden, doch Claire war nicht bereit, sich taktvoll auszudrücken. Legrand war nur mäßig überrascht.

»Wir machen diesen Sommer einen letzten Versuch. Wenn es nicht funktioniert, werden wir uns trennen.«

Claire sah ihn an. Was erwartete er von ihr? Was erwarten die Leute, wenn sie sich einem anvertrauen, dachte sie, wenn sie kurz vor einer Entscheidung stehen und noch zwischen der Leere und dem festen Boden schwanken? Häufig dienen die anderen nur dazu, sie in der Entscheidung zu bestärken, die sie bereits getroffen haben. Claire war bereit, ihm die Version zu liefern, die er erwartete, aus Großzügigkeit dem Mann gegenüber, der sie ernährte und den sie manchmal rührend fand, aber sie hatte keine Ahnung, was er hören wollte. Sie beschloss, sozusagen zu sich selbst zu sprechen.

»Natürlich kennen Sie diesen Satz«, sagte Legrand: »›Es gibt keine Liebe, es gibt nur Liebesbeweise.‹ Nun ja, zwanzig Jahre lang hat sie mir zahlreiche Liebesbeweise ohne Liebe gegeben.«

Claire interessierte sich nur mäßig für das, was Legrand sagte. Die Leute hatten keine Ahnung vom Ausmaß ihrer skandalösen Gleichgültigkeit gegenüber dem, was sie dachten. Sie vertraute eher den Zeichen, die wie unbewusste Wellen von ihnen ausgingen. Die Realität und die Erfahrung gaben ihr häufig unrecht, und sie war gezwungen, ihre Urteile zu nuancieren. Jedenfalls war sie sicher, dass sie viele Geschichten erzählten, um sich zu ertragen und irgendwie mit den Ungerechtigkeiten zurechtzukommen, und Claire ließ sich nur selten von dieser Fiktion einwickeln, die jene, mit denen sie Umgang hatte, über sich selbst schrieben. An diesem Tag bemerkte Claire, dass Legrand zusammengefallen war, dass er keinen Hunger hatte, dass er mit einem Puppenschuh auf dem Tisch trommelte und dass seine Stirn sich gerötet hatte, als er angefangen hatte, von seiner Frau zu sprechen.

»Hören Sie«, sagte sie, während sie Lucie zusah, die ihre Puppe zum vierten Mal auszog: »Ich werde ganz offen zu Ihnen sein. Ich habe keine Ahnung von Ihrer Ehe. Ich weiß nicht, wie sie funktioniert, denn jede Ehe hat eine andere Gebrauchsanweisung, die zwischen drei- und fünfhundert Seiten dick ist … aber ich kann Ihnen zwei Dinge sagen: Erstens, dass ich Ihnen keinen persönlichen Rat geben kann, weil ich nie mit einem Mann gelebt habe. Und zweitens, ich mag Ihre Frau nicht, und es würde mich überhaupt nicht stören, wenn Sie sich trennen würden.«

Legrand gab Lucie den Schuh zurück, ohne den die Puppe nicht vollständig angezogen war, und zündete sich eine Zigarette an. Er zuckte nicht mit der Wimper, entschlossen, das Spiel mitzuspielen. Was Claire betraf, so war sie es nicht gewohnt, kalt zu essen. Die Rohkost schuf in ihrem Magen ein feindseliges saures Milieu, das ihre Stimmung zu beeinträchtigen begann.

»Wie werden Sie leben, wenn Sie sie verlassen?«, fragte sie.

»Allein. Ich habe bereits eine Wohnung in der Nähe des Verlags gefunden. Und ich habe festgestellt, dass ich fast nichts zum Hineinstellen habe. Alles scheint ihr zu gehören. An manchen Abenden bleibe ich dort. Ich setze mich auf das Sofa und habe das Gefühl, in einem Wartesaal zu sein.«

»Das Alleinleben kann man lernen, wissen Sie. Es ist sogar eine Kunst«, fügte Claire, plötzlich ganz ernst, hinzu. »Ich werde Ihnen trotzdem einen Rat geben: Vergessen Sie niemals, wenn Sie abends nach Hause kommen, dass Sie der Herr sind, auch wenn Sie allein sind. Lassen Sie sich weder von der Stille noch von den Stunden und auch nicht von lähmenden Gedanken niederdrücken. Sie müssen der Herr über all das sein, das ist wesentlich, es ist eine Frage der Disziplin. Glauben Sie wirklich, dass Ihre Ehe am Ende ist?«

»Natürlich«, sagte Legrand müde.

»Sie werden jemand anderen kennenlernen. Sie sind ja ein ganz netter Mann. Ein bisschen verklemmt, ein bisschen ängstlich vielleicht ...«

»Die Vorstellung, wieder bei null anzufangen, macht mich jetzt schon müde. Die Verabredungen, die nicht sehr ermutigenden ›bis bald‹, die jungen Frauen, die Kinder wollen.«

»Und Ihre Kinder?«

»Sie sind groß.«

»Ja, und?«, sagte Claire genervt.

Legrand war enttäuscht. Er hatte etwas anderes von seiner Redakteurin erwartet. Mehr Schärfe, Impulsivität, die ihr an diesem Tag fehlten.

»Und Sie? Ihr Liebesleben, wenn es nicht zu indiskret ist?«

»Ich bin immer noch mit Dietrich zusammen. Das ist schön. Und es gibt auch einen Freund, einen Nachbarn, den ich sehr mag, aber das ist eine komplizierte Geschichte. Er ist ein verschlossener Mann, der wenig spricht.« Sie sah Ishidas Lächeln, nur sein Lächeln wie das zähnebleckende Gebiss der Grinsekatze. »Wissen Sie«, fuhr sie fort, »in Leute, die nicht sprechen, interpretiert man viel hinein. Wir füllen die Leerstellen in den Unterhaltungen mit dem, was wir wollen. Es ist mir schon passiert, dass ich entdeckt habe, dass hinter dem Schweigen mancher Leute überhaupt nichts steckte, dass es nur eine Manipulation, eine Täuschung oder eine Pose war. Man kommt nie auf die Idee, dass die Leute, die nicht sprechen, vielleicht ganz einfach nichts zu sagen haben. Ich weiß nicht, warum ich Ihnen das erzähle. Ich glaube nicht, dass dieser Mann … ich bin beunruhigt …«

Legrand war ebenfalls beunruhigt. Claire war ganz weiß im Gesicht und rollte mit den Fingern neurotisch runde Brotkugeln, die sie längs ihres Messers aneinanderreihte. Er zählte neun.

»Entschuldigen Sie, ich bin gleich wieder da«, sagte sie und schob ihren Stuhl zurück.

Claire fühlte sich schlecht. Die Tomaten, der Fenchel und die Äpfel spielten Autoscooter in ihrem Bauch. Hinten, am anderen Ende der Terrasse, schien sie, einem Alptraum gleich, Jean-Baptiste gesehen zu haben. Übelkeit, kalter Schweiß und ein Schwindelgefühl überfielen sie zur gleichen Zeit. Wie eine schlechte Schlittschuhläuferin auf glattem Eis ging sie durch das Restaurant zu den Toiletten. Sie erbrach in das Waschbecken ihr fast unversehrt gebliebenes Gemüse. Merkwürdigerweise dachte sie an Lucie, die sie mit Legrand allein gelassen hatte, und war beunruhigt wegen der Absurdität dieser Kombination. Die Toilettentür öffnete sich, und eine Frau kam herein, die das Gesicht verzog, als sie den Geruch nach Erbrochenem wahrnahm.

»Es tut mir leid«, sagte Claire und wischte sich den Mund mit Toilettenpapier ab.

»That's okay«, erwiderte die Frau und schloss sich ein.

Claire hörte, wie sie meterweise Papier abrollte, und dann das Rascheln von Stoff. Sie betrachtete ihr Spiegelbild, leichenblass, mit geröteten Augen, die Lippen nur noch ein Strich, und blies in ihre Hand, um zu überprüfen, ob ihr Atem roch. Er tat es.

»Scheiße«, murmelte sie und öffnete die Tür. »Scheiße, Scheiße, Scheiße.«

Torkelnd kehrte sie zur Terrasse zurück. Legrand und Lucie betrachteten sie fasziniert. Sie fühlte sich wie eine Schiffbrüchige, die sich nach einem heftigen Sturm an eine Planke klammert.

»Im Salat muss irgendwas gewesen sein …«, sagte sie entschuldigend.

»Das ist ein Skandal!«, rief Legrand und winkte dem Kellner.

»Rufen Sie mir Monsieur Mallarmé!«

Legrands schroffer Ton ließ Lucie und Claire aus verschiedenen Gründen erstarren: Lucie, weil alle Kinder ohne Ausnahme Streit nicht ertragen, und Claire, weil sie fürchtete, die Aufmerksamkeit eines bestimmten Gastes auf sich zu ziehen.

»Er ist heute nicht da, Monsieur Legrand, ich bedaure. Ein Problem?«, murmelte der Kellner verlegen.

»Ich habe ernsthafte Zweifel an der Frische Ihrer Salate«, erwiderte Legrand.

»Ich werde Monsieur Mallarmé von Ihrer Kritik in Kenntnis setzen«, sagte der Kellner, der eine leichte Unsicherheit bei Legrand spürte.

»Ich werde es ihm persönlich sagen. Bringen Sie mir einen Kaffee. Und die Rechnung bitte.«

Er beugte sich zu Claire und legte die Hand auf ihren Arm. Sie war so erschöpft, dass sie nicht einmal mehr reflexartig diesen skandalösen Übergriff Legrands auf einen Teil ihres Körpers abzuwehren vermochte. Während sie Lucie betrachtete, versuchte sie Jean-Baptistes Tisch in ihr Blickfeld zu integrieren. Es gelang ihr nicht. Daraufhin drehte sie ohne weiter nachzudenken den Kopf und sah, dass Jean-Baptiste, denn er war es, vom Tisch aufstand. Innerhalb einer Sekunde registrierte sie, dass er eine blendend weiße Hose und eines seiner gestreiften Hemden trug, die er sich aus London schicken ließ. Jean-Baptiste war ein hinreißender Dreckskerl. Claire senkte den Blick, doch es war zu spät. Ihre Blicke waren sich begegnet, der Zusammenstoß war unvermeidlich.

»Guten Tag, Claire.«

Er schüttelte bereits Legrands Hand. Sie hob den Kopf und versuchte auszusehen wie jemand, der sich nicht gerade erbrochen und diesen Mann nicht wie wahnsinnig geliebt hatte. Das Ergebnis war nicht sehr überzeugend. Legrand, Lucie und Claire saßen erstarrt da wie auf einem Foto. Eine nicht mehr ganz junge Frau begleitete Jean-Baptiste, die seine Mutter sein könnte, jene Mutter, von der er Claire voller Verehrung erzählt hatte. Er stellte sie nicht vor. Während ihrer Beziehung hatte Claire zahlreiche Gelegenheiten gehabt festzustellen, wie unlogisch und überraschend Jean-Baptiste oft handelte in Bezug auf die Konventionen des gesellschaftlichen Umgangs. Bei diesem Spiel mit seinen komplizierten, sich dauernd ändernden und geheimnisvollen Regeln schätzte Claire ihn jedes Mal falsch ein. Jean-Baptiste brach den Zauber, indem er sich an Legrand wandte, den er beruflich kannte.

»Ich habe den letzten Jacques Planck gelesen, ein schöner Erfolg.«

»Das ist richtig. Ich bin recht zufrieden.«

Sie unterhielten sich ein paar Minuten. Claire beobachtete Jean-Baptiste. Sie fixierte ihn voller Leidenschaft und registrierte so viel sie konnte, denn dieser Mann war eine Rarität. Nach ihrer Trennung hatte Claire ihm, wie sie zugeben musste, idiotische Briefe geschrieben, in denen sie ihm ihr Leben und ihre Gefühle in einem, wie sie ebenfalls zugeben musste, ziemlich mittelmäßigen poetischen Stil geschildert hatte. Aber sie hatte nicht anders gekonnt, und diese Briefe waren so etwas wie eine Demütigung, die Schande ihres Lebens, denn abgesehen davon, dass sie sie niemals hätte abschicken dürfen, wusste sie nicht, was er damit gemacht hatte. Sie hoffte, dass er sie weggeworfen hatte. Es kam immer noch vor, dass sie ihm ohne Hoffnung auf eine Antwort schrieb. Ein paar Monate nach ihrer Trennung hatte sie ihm ein Treffen abgerungen, das nicht lange gedauert hatte. Er war wütend gekommen und hatte sie aufgefordert, ihm nicht mehr zu schreiben. »Du kristallisierst«, hatte er ihr verächtlich an den Kopf geworfen. Für eine Claire, die mehr Intelligenz von diesem Mann erwartet hatte, den sie für außergewöhnlich hielt, klang das wie eine Trivialisierung Stendhals. Sie hatte ihn nicht wiedergesehen und die Fortsetzung ganz allein erfunden.

Und da stand er nun hinter Lucie, sie konnte es kaum fassen. Die Frau hörte Legrand zu, der ihr sichtlich gefiel.

Ebenso offenkundig war, dass sie Claire nicht kannte. Vergessen, vollkommen allein, konnte sie diese Details in sich aufnehmen, von denen sie die nächsten Jahre würde zehren können. Sie fand seine Stimme wieder, die man bei Abwesenden immer zuerst vergisst. Ein schwarzer Lackfüller ragte aus der Brusttasche seines Hemdes. Er trug einen Gürtel, den sie kannte, und längeres Haar.

Im Nachhinein, während dieses sehr gesunden Fegefeuers, in dem Bilanz über eine Liebesbeziehung gezogen wird, hatte Claire jedoch begriffen, dass er sich mit ihr nur auf eine andere vorbereitet hatte, der er noch nicht begegnet war. Sie waren ein bisschen gereist, hatten viel Musik gehört und Bücher ausgetauscht, jeder mit dem Kopf in seiner Neurose wie in einem Rollkragen, in einem persönlichen Geruch warmer Wolle. Er hatte an ihr Posen, Ideen, Restaurants und Situationen ausprobiert für eine andere, Spätere, die brillanter wäre und bei der er sich keinen Fauxpas würde erlauben können. Sie hatte es oft gespürt, aber niemals geglaubt. Und doch hatte Claire nicht die Absicht, diesen Mann zu vergessen. Da waren Dietrich und Ishida. Sie würde leben, lieben, eines Tages vielleicht heiraten, Kinder haben, doch Jean-Baptiste würde sie bis zum Schluss begleiten, vollkommen unversehrt, kristallisiert. Er würde nichts dafür können, nichts erfahren. Niemand würde mehr leiden.

Jean-Baptiste, der Claires Blick auf sich spürte, fragte distanziert, frostig und unschlagbar, fast schon im Gehen:

»Geht es dir gut?«

Lucie sah daraufhin eindringlich Claire an, die, den Mund halb offen, verloren wirkte. Sie drehte sich um und sagte zu Jean-Baptiste:

»Sie sollten sie in Ruhe lassen, sie ist krank.«

Bemüht, keinen Staub aufzuwirbeln, verschwand Jean-Baptiste sehr schnell mit seiner Mutter oder seinem Muttterersatz.

Das war's dann, dachte Claire, einerseits wütend auf ihre junge Freundin und ihr andererseits dankbar. Ich habe nichts gesagt, und dabei wird es die nächsten fünf oder zehn Jahre bleiben. Beim nächsten Mal werde ich mich mit ein bisschen Glück nicht gerade übergeben haben. Sie würde weiterhin seinen Namen in den Todesanzeigen der Zeitungen suchen, um zu erfahren, was aus ihm geworden war. Sie würde weiterhin sein Parfum tragen und alle politischen Artikel lesen, die er schreiben würde, auf der Suche nach Hinweisen. Und sie würde sich weiterhin an manchen Sonntagen in der Nähe seiner Wohnung herumtreiben, um ein bisschen von seiner Luft zu atmen.

Claire, Legrand und Lucie verließen rasch die Terrasse, so wie man sich von einem Tatort entfernt.

14

Claire beschloss, mit dem Bus nach Hause zu fahren. Die beiden Freundinnen warteten eine Weile auf den 96er. Lucie vertiefte sich in die Betrachtung eines anderen kleinen Mädchens. Dieses wartete auf den 95er, der vor ihrem kam. Das Mädchen sah sie durch das Fenster mit einem triumphierenden Lächeln an, das sagen wollte: »Mein Bus ist vor deinem gekommen«, denn so können Kinder auch sein. Claire war am Boden zerstört. Ein Scheißtag, dachte sie und hob den Kopf. Sie schluckte Spucke hinunter, die nach altem Erbrochenem schmeckte, und dachte, zwei Idioten an einem Tag sind im Augenblick zu viel für mich.

Sie stiegen in den Bus. Claire ließ Lucie durchgehen, ohne zu bezahlen, sie war nicht in der Stimmung. Der Fahrer reagierte nicht. Sie setzten sich schweigend. Vor ihnen taten drei Japanerinnen so, als seien sie Pariserinnen, anscheinend ganz woanders, während zwei andere, weniger besorgt um das, was die Leute sagen könnten, ein großes weißes Baiser fotografierten und sich schieflachten.

»Die Japanerinnen sind immer in Gruppen unterwegs, wie auf den Holzschnitten«, flüsterte Claire Lucie ins Ohr.

»Ist das ein Gedicht?«, fragte das kleine Mädchen.

»Nein«, sagte Claire lächelnd. »Schau doch.«

Die beiden Freundinnen waren unendlich traurig. Sie hatte keine Lust, nach Hause zurückzukehren. Lucie war es gewohnt, Claire nicht. Sie hatte das vollkommen neue Gefühl, dass ihre Wohnung verseucht sei und die Unbequemlichkeit der Welt in sie eingedrungen war. Sie bemerkte, dass sie ganz mechanisch Lucies Hand streichelte. Das kleine Mädchen achtete darauf, sich unter keinen Umständen zu bewegen, damit Claire sich wohlfühlte.

Die Straßen zogen vorbei. Leute stiegen ein, andere stiegen aus, alle einzigartig. Claire konnte sich nur schwer aus der schrecklichen Begegnung mit Jean-Baptiste lösen; sie durchkämmte die Realität mit ihren persönlichen Ansichten und verwandelte jedes Detail bereits in eine Idee. Nach und nach kehrte sie zu sich zurück. Dort erwartete sie Ishida oder vielmehr seine Abwesenheit. Kalte Wut auf denjenigen, den sie bis jetzt vor ihren düsteren Stimmungen geschützt hatte, stieg in ihr hoch. In diesem Pariser Bus bezahlte er für Jean-Baptistes Kälte, Legrands Schamlosigkeit und den Sommersalat.

Ganz erledigt von der Hitze, stiegen sie aus dem Bus. Im Hof goss die Concierge die Pflanzen. Madame Courtois, die neben ihr stand, sprach sie an:

»Ah, Claire. Ich habe Sie angerufen. Sie waren nicht da«, rief sie, als sie ihre junge Nachbarin sah.

»Was Neues?«, fragte Claire und blickte zu Rossettis geschlossenen Fenstern hinauf.

»Eben nicht. Das wollte ich Ihnen ja sagen. Keine merkwürdigen Geräusche. Sie haben seine Schlüssel bei mir vergessen«, sagte Madame Courtois und kramte in ihrer Tasche. Statt des kostbaren Schlüsselbundes holte sie einen Lutscher heraus, den sie Lucie reichte. Die Hausmeisterin, Claire und das Kind beobachteten überrascht und stumm, wie der Lutscher den Besitzer wechselte.

»Ich hatte ihn für mich gekauft, aber er ist nicht gut für meine Zähne«, sagte die alte Dame lachend.

Claire und die Concierge wechselten einen Blick, einem Lachanfall gefährlich nahe.

»Ich werde sie mir nachher holen.«

Madame Courtois sah sie zitternd, mit offenem Mund und blau getöntem Blick an.

»Die Schlüssel. Ich hole sie nachher«, wiederholte die junge Frau, um die Lücke im Gedächtnis ihrer Nachbarin zu schließen.

Claire läutete bei Louise. Sie glaubte nicht eine Sekunde, dass niemand öffnen würde. Doch genau das geschah. Während sie die Treppe in den zweiten Stock hinaufging, benutzte sie Dietrichs Atemtechniken, um das Zittern ihrer Hände zu beruhigen und den Tränenstrom zum Versiegen zu bringen, der ihren Blick zu trüben begann. Lucie fühlte sich gekränkt durch die Unhöflichkeit ihrer Mutter.

»Du kannst sie in der Arbeit anrufen«, sagte sie und packte ihre Puppe auf dem Wohnzimmerteppich aus.

»Das werde ich tun«, erwiderte Claire.

Und sie tat es.

»Louise, es ist fünfzehn Uhr. Ich möchte, dass du mich

umgehend anrufst. Salut.« Sie war wütend. »Ich muss ein bisschen arbeiten, meine schöne Lucie. Einverstanden?«

»Ja«, sagte Lucie, die ihre Puppe zum x-ten Mal seit dem Vormittag auszog. »Ich muss mich um sie kümmern«, fügte sie hinzu und deutete auf ihr Spielzeug, das bereits ein wenig gelitten hatte.

Claire zog sich in ihr Arbeitszimmer zurück und versuchte künstlich die Harmonie der fernen Tage wiederherzustellen, als am Horizont nichts anderes aufragte als der nächste Sonntag, ein wunderbarer Roman und vielleicht ein Rendezvous mit Dietrich. Sie tat es mit einer vollen Teekanne und dem mit Anmerkungen versehenen Manuskript des Osteopathen, das sie noch einmal las, um ganz sicherzugehen. Sie hatte Mühe, sich zu konzentrieren. Bilder gingen ihr in kurzen Sequenzen durch den Kopf: sie und Ishida im Garten des Musée Rodin; sie und Rossetti; sie allein, die Straße entlanglaufend, verfolgt von einem männlichen Schatten; sie auf einer Bank.

Wie hängt man jemanden ab, wenn man es nicht gelernt hat?, fragte sie sich. Als sie eine Pause machte, nahm sie einen Stadtplan von Paris und studierte die Straßen des siebten Arrondissements. Sie musste an der Station Varenne aussteigen. Es wäre am besten, wenn sie Rossetti abhängte, bevor sie die Metro nahm. Indem sie beispielsweise sehr früh aus dem Haus ging, schon um sechs Uhr morgens. Aber was würde sie dann zwischen sechs und elf in der Stadt machen? Nein, ich muss ihn bereits heute Abend abhängen, beschloss sie. Ich werde bei Christian schlafen, das ist die Lösung. Claire spürte, wie ihr Bauch sich entspannte, da der Gordische Knoten durchgehauen war. Sie rief Dietrich an und teilte ihm die gute Nachricht mit überschwänglich glücklicher Stimme mit. Anschließend spielte sie einen Augenblick mit ihrer kleinen Nachbarin. Aber sie war so erschöpft, dass sie auf dem Teppich einschlief, neben einer mütterlichen, glücklichen und sehr beschäftigten Lucie.

Ein furchtbares Kribbeln im linken Arm ließ sie aus dem Schlaf schrecken. Lucie hatte ihr Spielzeug aufgeräumt und schaute sich, ihre Mühle in der Hand, einen Zeichentrickfilm im Fernsehen an. Claire hörte, wie der junge Mann aus dem ersten Stock im Hof die Concierge grüßte. Das bedeutete, dass es bereits sieben und Lucie immer noch da war. Niemand hatte geläutet, um sie abzuholen. Claire sprang auf, einem hysterischen Anfall nahe wegen der Dreistigkeit ihrer Nachbarin, die sie allerdings regelmäßig auf diese Weise hängenließ.

»Gehen wir?«, fragte Lucie fatalistisch.

»Ja, meine Schöne«, erwiderte Claire, einen großen roten Streifen vom Schlaf quer über der Wange.

Louise öffnete, lächelnd wie Jack Nicholson in der Rolle des Jokers. Sie hielt es für besser, nur ihre Tochter anzusehen.

»Wie geht's dir, mein Liebling?«, miaute sie. »Hast du dich bei Claire bedankt, dass sie so nett auf dich aufgepasst hat?«, fügte sie hinzu, den Blick starr auf Lucie gerichtet.

»Sie hat mir ein Geschenk gekauft.«

In genau diesem Augenblick hatte Claire das Gefühl, Geräusche in ihrer Wohnung zu hören. Louise blickte sie herrisch an, als wollte sie sagen: »Nein, also hör mal, du spinnst wohl!«

»Ich kann dich nicht hereinbitten, ich bin gerade mitten …«

Bevor sie den Satz beenden konnte, war Claire schon die Treppe hinaufgestürmt.

Nachdem sie festgestellt hatte, dass über ihrem Kopf keine Schritte zu hören waren, und im Spiegel den Abdruck bemerkt hatte, der über ihre Wange lief, steckte sie das korrigierte Manuskript *Beweglich von 7 bis 77!* von Christian Dietrich in ihre Aktentasche und verließ die Wohnung.

Ein kräftiger Geruch nach Gemüsesuppe sättigte die bereits abgestandene Luft in Madame Courtois' Reich. Mit einer lustigen Grimasse unterstrich sie ihre Bemühungen, sich zu erinnern, wo Ishidas Schlüssel sein könnten. Claire nutzte ihre Unschlüssigkeit, um zum Hoffenster zu gehen. Durch Rossettis geschlossene Vorhänge drang Licht. Merkwürdigerweise waren auch die bei Louise zugezogen. »Ich mag es, dass man mich sieht«, hatte sie Claire anvertraut, als diese sie gefragt hatte – diese Frage wurde in diesem Aquariumhaus oft gestellt –, ob es sie nicht störe, den Blicken aller ausgesetzt sein. Claire hatte damals an die Prostituierten in Amsterdam gedacht. Louise war eine Meisterin darin, sie gegen sich aufzubringen. Jedenfalls waren die Vorhänge nicht schwer genug, um vollständig zu verbergen, was bei ihr vor sich ging. Die Gestalt, die durch das Wohnzimmer ging, war weder Louise noch Antoine.

»Rossetti!«, rief sie so laut, dass Ishidas Schlüsselbund aus Madame Courtois' Händen flog und mit lautem Krachen auf dem niedrigen Tisch landete.

»Warum schreien Sie so?«, sagte die alte Dame halb erstickt, beide Hände kreuzförmig auf ihrem Vogelhals.

»Entschuldigen Sie. Ich habe das Gefühl, dass Louise Bluard etwas mit dem Neuen hat«, sagte Claire, die dachte, dass Madame Courtois' Leben ein wenig Würze vertragen könnte.

Diese stürzte zum Fenster, zitternd und höchst interessiert.

»Wo ist denn ihr Mann?«

»In Belgien.«

»Ach?«, sagte Madame Courtois. »Mögen Sie Gemüsesuppe?«

»Sehr«, erwiderte Claire. »Aber leider bin ich zum Abendessen verabredet, ein andermal gern.«

Sie berührte sanft Madame Courtois' Schulter dort, wo Worte keine Wirkung haben.

»Mit Ihrem Liebhaber, dem Krankengymnasten, der Sie immer mit dem Motorrad abholt?«

»Vielleicht«, sagte Claire komplizenhaft, denn sie vermutete, dass die alte Dame, die bald sterben würde, das Bedürfnis hatte, die Bilder mit Namen zu versehen.

Und dann bemerkte sie, dass bei Monsieur Lebovitz alles dunkel war.

»Ist Monsieur Lebovitz' Tochter gekommen?«, fragte sie.

»Nein, ich glaube nicht«, erwiderte die Nachbarin und ließ sie stehen, bereits von einem neuen dringenden Problem in Anspruch genommen. Claire rief ihr ein gellendes Auf Wiedersehen hinterher, das sich zwischen dem Geräusch des Schnellkochtopfs und den Windungen von Madame Courtois' verhuschtem Geist verlor.

In der Metro dachte Claire: Ich sehe wirklich schon überall Spione, und, der Typ da hinten könnte gut in einem Film mitspielen, so zwielichtig, wie der aussieht. Und Rossetti bei Louise… Sie konnte es nicht fassen. Rein räumlich war es ein unangenehmes Gefühl: Rossetti über und unter ihr wie die Brotscheiben eines Sandwiches. Sie atmete tief durch und schloss die Augen, um das Gefühl der Klaustrophobie zu verscheuchen. Sie war glücklich darüber, die Nacht bei Dietrich zu verbringen, und recht zufrieden, Rossetti abgehängt zu haben, noch bevor er sie überhaupt suchte.

»Ich gehe mit dir in dieses japanische Restaurant«, sagte Dietrich und schloss die Tür seiner Praxis ab.

»Ach ja? Ich dachte, du magst keinen rohen Fisch?«

»Nun ja, ich habe beschlossen, ihn zu probieren«, erwiderte er, zufrieden, Claire zu überraschen, die er normalerweise nur mit Mühe rühren konnte.

»Tust du das, weil ich dir von meinem japanischen Nachbarn erzählt habe?«, sagte sie auf gut Glück.

Dietrich steckte die Beleidigung einigermaßen elegant ein, indem er sich verneigte wie ein Heiliger.

»Entschuldige«, fügte Claire hinzu, betrübt vor allem über ihr unmögliches Aussehen, dass die Schaufenster widerspiegelten. »Entschuldige, es geht mir nicht so gut. Kannst du mir bitte dein Handy leihen?«

»Es wäre allmählich an der Zeit, mit der Zeit zu gehen«, sagte Dietrich und zog es aus seiner Tasche.

Sie rief Monsieur Lebovitz an, vergeblich.

»Es geht mir nicht so gut«, wiederholte sie.

Das Restaurant war sehr elegant, schwarzer Lack, graphisches Geschirr und postmoderne Fotos in blutroten Tönen. Abgesehen von einem jungen japanischen Pärchen ein paar Tische entfernt, waren sie allein. Sie wurden sehr schnell bedient. Sushi und lauwarmer Sake.

»Sie scheinen sich nicht besonders zu amüsieren, unsere japanischen Freunde«, flüsterte Dietrich, der den Sake »recht nett« fand.

»In Japan muss die Liebe schwierig sein.«

Claire liebte diesen Satz. War er von ihr? Von jemand anderem? Sie erinnerte sich nicht mehr so genau.

»Was heißt das?«, fragte Dietrich, der unwissentlich die Büchse der Pandora geöffnet hatte.

»Das heißt, dass die Liebe dort nicht so wichtig ist. Man lebt mit jemandem, den man schätzt, man macht Kinder, man ist manchmal sehr glücklich, aber man sieht die Liebe nicht.«

Sie betonte das Wort »sieht« und bemerkte, dass Dietrich ihr möglicherweise gar nicht zuhörte. Er sah sie lächelnd an. Da sie es hasste, mittendrin aufzuhören, war sie fest entschlossen, ihre Beweisführung zu beenden:

»Danach kannst du dir die Frage stellen: Existiert das, was verborgen ist, überhaupt? Und das ist eine gute Frage in unserer schrecklichen Gesellschaft, in der man alles zeigt und sich wegen jeder Kleinigkeit betroffen fühlt.«

Dietrich tat erschrocken und sagte ganz leise, als verrate er ein Geheimnis:

»Aber ich bin den ganzen Tag betroffen.«

Claire blickte zur Decke.

»Hör auf. Das meine ich nicht. Man darf mit den Leuten fühlen. Ein bisschen. Was ich sagen will, ist, dass man das Gefühl hat, nicht zu existieren, wenn niemand einen ansieht.«

Sie drehte sich zu dem japanischen Pärchen um. Sie hatten ihre Umgebung vollkommen vergessen. Die Frau pickte mit den Spitzen ihrer Stäbchen etwas von ihrem Teller, der Mann rauchte. Er trug eine moderne Uhr am Handgelenk, die eine falsche Zeit anzeigte.

»Hast du gesehen, seine Uhr ist auf die japanische Zeit eingestellt. Er hat seine Zeit mitgebracht.«

»Und das amüsiert dich?«, fragte Dietrich, der Claire manchmal faszinierend fand.

»Ja. Weißt du, es gibt Ideen, die ganz phantastisch sind.«

Sie sah ihn zärtlich an.

»Ich muss dir sagen, dass du krumm dasitzt.«

Dietrich richtete sich unverzüglich auf.

»Eine etwas heikle Beleidigung für einen Osteopathen«, entgegnete er, rot, glücklich und betrunken.

Eine zweite Flasche Sake kam. Die Japaner standen auf, um zu gehen. Claire grüßte sie, offensichtlich erfolgreich, denn sie erwiderten den Gruß überrascht und überaus freundlich. An der Restauranttür kam ihnen ein Straßenhändler entgegen. Nachdem der Mann den Blick durch den Raum hatte wandern lassen, kam er eilig auf Claire und Dietrich zu. Er verkaufte Stimmungsringe, die je nach der seelischen Verfassung des Trägers ihre Farbe änderten. Dietrich wählte einen aus und steckte ihn Claire an den Finger.

»Hör auf!«, sagte Claire, wütend über das Symbol und das blöde Lächeln ihres Freundes und noch nicht betrunken genug, um über den schlechten Geschmack der Angelegenheit hinwegzusehen.

Dietrich bezahlte, und der Typ gab ihr einen kleinen Zettel, die englische Gebrauchsanweisung des magischen Rings. Die Augen gebannt auf den Ring gerichtet, sahen sie, wie er von Hellblau zu Dunkelblau wechselte.

»Und, Dunkelblau, *dark blue*?«, sagte er zu Claire, die endlich in die Parallelwelt des Rausches eintauchte.

»*Oh yes! Dark blue*«, sagte sie und winkte dem Kellner, der hinten im Raum stand.

»*You are relaxed and at ease*, steht hier.«

»Und jetzt du«, sagte Claire und steckte ihm den Ring an den kleinen Finger.

Der Ring wechselte von Blau über Braun zu Orange.

Claire hatte Dietrich die Gebrauchsanweisung aus den Händen genommen.

»*Amber. You are unsettled*«, las sie mit täuschend echtem Akzent.

»*Unsettled*?«, fragte er.

»Ja. Das muss unruhig, nervös bedeuten.«

Die Rechnung kam, Dietrich bezahlte. Er hatte Mühe aufzustehen, wie ein Astronaut an der Tür seiner Raumfähre. Die kühle Luft der Straße ließ ihn sein Gleichgewicht, seine Würde und die Fähigkeit, normal zu sprechen, wiederfinden.

Sie gingen Hand in Hand. Claire dachte an eine Menge Dinge, die sie nicht verletzten. Dietrich hatte die Gabe der Leichtigkeit. Mit ihm wurde sie um Jahre jünger und fand ihre Jugend der Zeit vor Jean-Baptiste, vor Paris wieder, als sie noch nicht festgestellt hatte, dass die Kunst und die Reglosigkeit in ihr Blut übergingen und es verdarben. Claire blieb abrupt vor dem erleuchteten Schaufenster einer Galerie stehen, vollkommen sprachlos. Sie traute ihren Augen nicht. Da hing ein Bild, das mit furchtbarer Deutlichkeit die Landschaft ihrer häufigsten Träume darstellte. Ein kleiner Fluss schlängelte sich durch gelbliche Sümpfe, deren Konturen in einem feuchten spätherbstlichen Nebel verschwammen. Auf dem Bild fehlte nur noch Claire, ertrinkend, einsinkend, mit dicken Fischen kämpfend oder in Stiefeln durch den Schlamm gehend.

»Gefällt es dir?«, fragte Dietrich, der Claires Wünsche

immer ernst nahm und sich bereits Sorgen wegen des Preises machte.

»Nein. Es gefällt mir nicht. Es macht mir Angst. Komm.«

Claires Blick verdüsterte sich. Die Hände hinter dem Rücken, wie ihr Vater, betrachtete sie beim Gehen ihre Füße. Dietrich verlor nicht aus den Augen, dass er die Absicht hatte, mit Claire zu schlafen. Das Verlangen war bei dieser Frau so fragil, eine Kerzenflamme, die man ständig vor dem Luftzug schützen musste, dass er sich vornahm, sie zum Lachen zu bringen.

»Wir haben lange nicht mehr ›Der Ursprung der Welt‹ gespielt. Wollen wir morgen hingehen?«, fragte er.

»Der Ursprung der Welt« war ein Spiel, das Dietrich während eines Besuchs im Musée d'Orsay an einem ziemlich düsteren Sonntag erfunden hatte, an dem es keinem von ihnen gelungen war, den anderen von der Leichtigkeit des Lebens zu überzeugen. Seitdem kehrten sie regelmäßig nur dafür in dieses Museum zurück. Die Idee war einfach. Am Anfang stand *Der Ursprung der Welt* von Courbet, nicht mehr und nicht weniger als eine pornographische Aufnahme des weiblichen Geschlechts, klaffend, dunkel und riechend. Claire stellte sich auf die eine Seite des Bildes und Dietrich auf die andere. Während sie so taten, als würden sie den Faltprospekt des Museums studieren, beobachteten sie die Leute, die an dieser »weit offenen Muschel«, wie der Osteopath feinfühlig sagte, vorbeigingen. Sie hatten bemerkt, dass niemand wirklich davor stehen blieb. Niemand ertrug es, dieses Bild anders als im Vorbeigehen zu betrachten. Dietrich liebte den Überraschungseffekt, den es auf die Besucher ausübte. Manche wirkten, als hätten sie ein Ungeheuer gesehen, und wichen entsetzt zurück, andere schienen sich ertappt zu fühlen und umklammerten ihre Tasche oder drückten fest die Hand ihres Begleiters. Dann gab es jene, die den Kopf abwandten und zu sprechen begannen, um die Situation zu entdramatisieren, und, seltener, überraschenderweise auch jene, die überhaupt keine Reaktion zeigten, als würden sie diese beunruhigende dunkle Masse nicht erkennen. Die Kurzsichtigen konnten nicht widerstehen, mit der Nase ganz nah an das Bild heranzugehen, um zu erkennen, was es zeigte. Claire stellte sehr schnell fest, dass niemand es wirklich erträgt, ein weibliches Geschlecht direkt anzublicken.

»Morgen kann ich nicht«, erwiderte Claire, obwohl der Gedanke sie amüsierte.

Sie dachte, merkwürdig, vielleicht ist morgen mein letzter Tag auf Erden. In diesem Moment verspürte sie eine gewaltige Sehnsucht nach Dietrich und umarmte ihn stürmisch, wie besessen und verliebt. Ein feiner Regen fiel und ölte alles auf ihrem Weg ein. Sie schwankten durch die glänzenden, schmierigen und leeren Straßen bis zu Dietrichs Wohnung.

Jetzt war es Zeit geworden, sich der Lust hinzugeben, Liebkosungen auszutauschen und die Haut des anderen zu spüren, und in solchen Momenten fühlte Dietrich sich verpflichtet, seine Ungeduld vor diesem sich entziehenden

Mädchen zu verbergen. Er wusste, dass er mit ihr reden musste, um sie empfänglich zu machen, wie der Flötenspieler aus dem Märchen, der die Kinder mit seiner Musik hypnotisiert. Es war vollkommen ausgeschlossen, ohne Umschweife gleich zur Sache zu kommen. Eine gewisse Anzahl von Etappen musste respektiert werden, bevor er mit ihr schlafen konnte, so war es eben mit Claire. »So ist es mit vielen Frauen«, sagte er sich. Aber einer Frau mit so vielen Hemmungen wie Claire war er noch nie begegnet.

Sie gingen zu Gin-Grenadine-Cola über, einem »*private joke* Cocktail«, der sie in euphorische Stimmung versetzte. Claire hatte ihre Schuhe ausgezogen und sich auf Dietrichs blaues Sofa gelegt. Sie sagte:

»Ich habe heute mit Legrand zu Mittag gegessen.«

Sie hatte beschlossen, nicht über Jean-Baptiste zu sprechen, aber so wie man Schorf immer an den Rändern ankratzt, konnte sie einfach nicht anders, als ihm die Umstände der Begegnung zu erzählen.

»Hmm«, sagte Dietrich, der keine große Lust hatte, sich anzuhören, wie Claire über die anderen Männer in ihrem Leben sprach.

»Ich verstehe diesen Typen nicht«, fügte sie hinzu. »Ich habe ihn angepisst, und man könnte glauben, es gefällt ihm.«

»Eines Tages wird er es satthaben und dich feuern«, entgegnete Dietrich, der sich auf die Armlehne des Sofas gesetzt hatte und Claires Schultern massierte, eine der obligatorischen Etappen seines Weges zum Sex. Sie durfte auf keinen Fall einschlafen, aber angesichts all dessen, was sie getrunken hatten, war diese Hypothese keinesfalls abwegig.

»Was willst du hören?«, fragte er.

»Pergolesi, das *Stabat Mater.*«

Ihm wäre Jazz lieber gewesen, Miles Davis, oder sogar Bach, Klavier. Beim letzten Mal hatte Pergolesi ihn und vor allem Claire durch Gedankenassoziation auf das Thema des Glaubens gebracht, den Claire ziemlich oberflächlich mit einem Zustand der menschlichen Dummheit assoziierte, wohingegen Dietrichs Agnostizismus sie auf die Palme brachte. Die Diskussion hatte mit einem peitschenden, unerwarteten und unerklärlichen »du Faschist!« geendet, geschrien von einer Claire, die daraufhin zu keinerlei körperlichem Kontakt mehr bereit gewesen war.

»Ach. Hör dir lieber das an.«

Dietrich ließ ihr keine Zeit, sich eine persönliche Atmosphäre zu schaffen; eine englische, unbekannte, katzenhafte und tiefe Stimme breitete sich in dem Wohnzimmer aus, das in gedämpftes Licht getaucht war. Claire ließ sich von ihr gefangen nehmen, und sie liebten sich, zu Dietrichs großer Überraschung, auf dem Sofa, ohne sich die Zeit zu nehmen, sich vollständig auszuziehen.

»Ficken tut gut«, sagte Dietrich etwas später, die Hand auf Claires Bauch. »Du liebst den Sex, und du verkneifst ihn dir. Du liebst meine Gegenwart, und du gehst mir aus dem Weg«, fügte er hinzu und streichelte seinen Oberkörper mit der anderen Hand. Er betrachtete das Profil der jungen Frau, ihre geschlossenen Augen, das leichte Lächeln auf ihren Lippen, ihr kleines rechtes Ohr. »Alles an dir ist gemacht für einen Mann wie mich«, fuhr er fort. »Einen gesunden Mann, der fest auf seinen behaarten Beinen steht, den Kopf gerade auf seinen geschmeidigen Halswirbeln, einen Kopf, den kein intellektueller Exzess schwer macht, ein Ass des Humors, eine Sexbestie!« Claire blieb kalt wie Marmor. Normalerweise lachte sie. Finster, verärgert fügte er hinzu: »Aber du ziehst die Verrückten, die Undurchsichtigen, die … weltmännischen Blondschöpfe vor.« Da Claire noch immer nicht reagierte, fuhr er genervt fort: »Ich habe es dir nie gesagt, die Welt ist klein, dein Jean-Baptiste war in meiner Praxis, als du noch mit ihm zusammen warst. Ich erinnere mich sehr gut an ihn. Er hatte Schmerzen im Knöchel, eine alte, nicht richtig behandelte Verstauchung. Er sprach über sich wie über einen Präzisionsmechanismus, eine Schweizer Uhr, verstehst du?«

Claire drehte ihm langsam den Kopf zu und bat ihn mit eisiger, endgültiger und schneidender Stimme, die aus dem Jenseits zu kommen schien, zu schweigen. Er gehorchte, denn er wusste instinktiv, dass sie unwiderruflich auf seine Gegenwart verzichten könnte, mit einer Handbewegung, einfach so. Er war überzeugt, dass diese Frau im Grunde niemanden brauchte.

Er näherte sich ihr, und sie rollte auf den Teppich. Dort griff sie nach der Wolldecke auf dem Sofa, machte sich eine Toga daraus und stand auf. Sie ging zu ihm und deklamierte, den Fuß auf seinem Bauch wie ein Jäger auf seinem Löwen, ein majestätisches »*Noli me tangere!*«. Dann brach sie in Gelächter aus und ließ sich auf das Sofa fallen, wo sie sehr schnell einschlief zu den Klängen ihres Lieblingsduetts von Pergolesi. Dietrich, der am Fenster stand, beobachtete, wie dieses Mädchen, »an einem Tag römisch, am nächsten japanisch, italienisch am Abend zuvor und heute Abend jedenfalls sternhagelvoll«, sich entfernte.

Auf der Straße ging ein Mann in kariertem Hemd rauchend auf und ab. Dietrich dachte an all die armen Kerle, die zu Hause nicht rauchen durften.

15

Ein grelles weißes Licht riss Claire aus einem Schwimmbadtraum. Wie Icons auf einem Computerbildschirm erschienen ihre Sorgen nacheinander als Bilder auf der blau getönten Wand von Dietrichs Wohnzimmer. Sie rief nach ihm, ohne eine Antwort zu bekommen, ging durch die Wohnung und machte sich rasch fertig. Dann beschloss sie, Madame Courtois anzurufen, nachdem sie vergeblich versucht hatte, Monsieur Lebovitz zu erreichen.

»Aber er ist doch da«, sagte die alte Dame gereizt. »Warum machen Sie sich Sorgen? Ich habe ihn vorhin mit seinem Einkaufswagen weggehen sehen. Heute ist Markt, das wissen Sie doch.«

Es folgte eine merkwürdige Pause.

»Haben Sie Besuch, Madame Courtois?«, fragte Claire.

»Wieso? Ich bin allein.«

Eine weitere Pause beunruhigte Claire.

»Sie sagen mir nicht alles, Madame Courtois.«

»Stellen Sie sich vor, ich habe gestern Abend Besuch von Ihrem Nachbarn bekommen. Er ist sehr nett. Er hat mich gefragt, ob ich wüsste, wo Sie sind, weil er eine undichte Stelle hinter seiner Badewanne entdeckt hat und dachte, es könnte zu Ihnen durchtropfen.«

»Okay, ich habe begriffen. Und natürlich haben Sie ihm gesagt…« Claire hörte das asthmatische Atmen von Madame Courtois, die versuchte, sich am anderen Ende der Leitung ganz klein zu machen. »Was sind Sie doch für eine dumme alte Frau!«, rief Claire, bevor sie das Gespräch abrupt beendete.

Sofort stürzte sie zum Fenster, die Straße war leer. Den Kopf wie in einem Schraubstock, vollkommen gerädert von einer Nacht im Bett eines anderen und vor Sorge fast verrückt, rief sie Monica an.

»Sie ist nicht gekommen«, rief die Sprechstundenhilfe, die endlich einmal nicht lügen musste, triumphierend.

Claire schlug die Wohnungstür zu und beschloss, sich nicht zu verstecken.

Draußen überzog die Hitze die Fassaden und die Körper bereits mit zart duftendem flüssigem Zucker. Claire dachte an die Sommer ihrer Kindheit in La Baule, an die heiße Haut ihrer Mutter. Sie ging zur Metro und stieg in den Zug. Ihre Hände rochen nach Dietrichs Körper. Sie erinnerte sich an die Lust, an die Gänsehaut auf ihren Armen. Für einen Augenblick glaubte sie, dass sie eines Tages mit diesem Mann leben würde. In Varenne fand sie das unbarmherzig grelle Licht auf den Mauern der schönen Häuser wieder. Normalerweise kam sie nur her, um, nach Absprache mit Monica, einen der zahlreichen Ärzte aufzusuchen, die für die Teile ihres Körpers zuständig waren. Ohne sich umdrehen zu müssen, wusste sie, dass Rossetti da war, irgendwo, hinter einem Portalvorbau, hinter einer Ecke, in den Schatten einer Tür gehüllt oder rauchend am Steuer eines geparkten Wagens. Sinnlos, nach ihm zu suchen, dachte sie, und wie sie sich vorgenommen hatte, versuchte sie nicht, sich zu verstecken.

Trotzdem nahm sie, als sie einen karierten Ärmel in der Nähe des Zeitungskiosks sah, die Beine unter die Arme. Keuchend lief sie an Luxusgeschäften vorbei. Wirre Gedanken gingen ihr durch den Kopf wie Lichtblitze: dass man die Wohnungen der schönen Viertel beispielsweise an der Schwere ihrer Vorhänge erkannte, das einzige Zugeständnis an die Blicke der Passanten, und dass man diese Viertel auch an der Anzahl der Vorhanggeschäfte ausmachen konnte. Sie dachte an Paul Morand, den Schriftsteller, den Jean-Baptiste verehrte und den, schließlich hatte er kein Monopol auf ihn, auch sie lieben durfte. Sie war so in ihre Gedanken versunken, dass sie sich in der Straße irrte und sich unwissentlich vom Musée Rodin entfernte. Sie hetzte, ohne sich umzudrehen. Man sah sie an, denn wenn man in Paris rennt, bedeutet das, dass man etwas angestellt hat, es ist eine Veränderung des natürlichen Gangs der Dinge. Von weitem sah sie das Schild eines Friseurs, verlangsamte den Schritt und trat, als sei nichts geschehen, aber außer Atem, in das riesige Spülbecken, das drei lächelnden jungen Typen als Friseursalon diente.

»Können Sie mir eine Fönwelle machen?«, fragte Claire in den Spiegel, denn sie wollte nicht dadurch, dass sie sich direkt an einen wandte, die beiden anderen verärgern.

Derjenige, der wohl der Chef war, bat sie, Platz zu nehmen. Er betrachtete Claire im Spiegel.

»Wer frisiert Sie normalerweise?«

»Ich«, erwiderte Claire, die sich freute, dass sie von ihrem Platz aus eine wunderbare Sicht auf die Straße hatte.

»Entschuldigen Sie, aber bei einem solchen Schnitt mache ich keine Fönwelle«, sagte der junge Mann freundlich, aber bestimmt.

»Hören Sie«, sagte Claire und sah ihn im Spiegel an. »Ich habe mich zu Ihnen geflüchtet, weil ich, seit ich aus der Metro gekommen bin, von einem Typen verfolgt werde. Ich habe große Angst, er sieht aus wie ein …«

Die drei Friseure umringten sie jetzt.

»Wie sieht er aus?«, fragte einer von ihnen, dessen gelb, schwarz und grau gefärbtes Haar steif von seinem Kopf abstand.

»Er ist groß, blond und trägt ein kariertes Hemd.«

Der junge Mann verließ das Geschäft und zündete sich eine Zigarette an, ganz entspannt, als schnappe er etwas frische Luft zwischen zwei Kunden. Er drehte sich um und machte ein kaum wahrnehmbares Zeichen, das bedeutete: »Er ist da.«

»Keine Panik«, sagte der zweite Friseur. »Ich rufe die Polizei.«

»Nein!«, rief Claire. »Auf keinen Fall. Ich habe eine dringende Verabredung, das würde mich zu lange aufhalten. Haben Sie nicht noch einen anderen Ausgang?«

»Doch«, sagte der dritte, der vermeintliche Chef. »Kommen Sie!«

Claire folgte ihm in ein düsteres Hinterzimmer. Der Friseur öffnete eine Tür, die auf einen Hof ging.

»Sie gehen durch den Hof, und nach der Toreinfahrt sind Sie in der Rue de Bourgogne«, flüsterte er sehr engagiert. »Viel Glück!«, fügte er hinzu.

Claire nahm es Ishida übel, dass er sie in eine so schwachsinnige Geschichte hineingezogen hatte. Während sie dicht an den Mauern entlangging, um Rossetti und der Hitze zu entkommen, dachte sie gerührt an ihr geplantes Abendessen mit Lebovitz beim Italiener und an die Suppe von Madame Courtois. Sie sagte sich, dass der Winter und seine langen ruhigen Abende ihr fehlten. Dann stand sie plötzlich wie durch ein Wunder vor dem Musée Rodin. Kein kariertes Hemd, ein Lächeln für den Wächter, man kann nie wissen, und sie kaufte ein Ticket nur für den Garten.

In den Pariser Parks pflegten Claires Sinne sich regelmäßig zu schärfen. Dann fiel ihr auf, wie sehr die Natur ihrer Kindheit ihr fehlte: die Feuchtigkeit des frühen Morgens, der Nebel, der einen starken Geruch hatte, der Morgentau, der die Spinnennetze zwischen den Brombeersträuchern sichtbar machte, die Fliegen, die den Sommer ankündigten, die Freiheit auf dem Land auf ihrem Fahrrad, das sie fuhr, ohne den Lenker zu berühren, das Gleichgewicht in den Knien. Sie sehnte sich nach niemandem, nur nach den Landschaften, die sie gern wiedergesehen hätte.

Hier, im Garten des Musée Rodin, öffnete sich ihr Herz und gab ihr einen Teil der Landschaft ihrer Kindheit zurück. Der Himmel war von makellosem Blau wie ein Ozean über der Stadt. Langstielige Rosen schaukelten sanft, zitternd wie Madame Courtois. Das Licht brach sich in den Wasserstrahlen, und Claire dachte euphorisch, dass heute eigentlich ein schöner Tag zum Sterben sei. Beim Geräusch eines unsichtbaren Langstreckenflugzeugs schloss sie die Augen und hörte zu, schnupperte in die Luft und tankte den Treibstoff, der sie antrieb. Vor dem *Höllentor* fotografierten sich Touristen, lächelnd, zu Posen erstarrt. Sie suchte nicht nach Ishida, er würde sie finden. Claire spazierte unter den Bäumen entlang, auf der von Lichtflecken gepflasterten Erde. Eine Frau, die auf dem Rasen saß, betrachtete einen schlafenden Mann. Sie dachte an Picasso, an die Krankheit, die ihn dazu brachte, Zufall und Kunst ständig zu verbinden, und daran, dass sie im Leben noch keine andere Erfahrung gemacht hatte. Sie setzte sich auf eine Bank neben einen Mann, der *Die drei Schatten* in ein Notizbuch zeichnete. Dabei wurde Claire sich ihrer Müdigkeit bewusst, dieser unendlichen und gefährlichen Mattigkeit, die sie so schwach machte. Sie bemerkte, dass der Mann nicht zeichnete, sondern schrieb, was etwas ganz anderes war. Nach einer Weile wanderte sie noch einmal im Kreis durch den Garten, ganz systematisch, und endlich fand sie ihn auf einer Bank im Schatten, neben einem leeren Sandkasten. Ishida rührte sich nicht, seine Hände lagen auf den Knien. Claire war sehr bewegt.

»Sie sind eine mutige Person«, sagte Ishida und lächelte ihr zu.

»Solange ich nicht weiß, was ich riskiere, ist das nicht sehr schwer. Aber Sie werden mir alles erzählen, nicht wahr?«

»Ist Ihnen jemand gefolgt?«, fragte Ishida.

»Ich habe diese Klette Rossetti abgehängt. Aber wer ist dieser Kerl?«, fragte Claire und betrachtete das gelassene Profil ihres Freundes.

»Eine unmögliche Person. Sie sollten auf Distanz zu ihm gehen, ein bisschen verschwinden.«

»Ein bisschen verschwinden!«, ereiferte sich Claire. »Sie machen mir Spaß! Man verschwindet nicht ein bisschen. Ich bin niemand, der ein bisschen verschwinden kann. Ich bin hier oder nicht hier.«

Vielleicht lag es am berauschenden Duft des Gartens oder an den Folgen der Gin-Cola, jedenfalls fühlte Claire sich merkwürdig, wie unter Drogen. Ihre Verabredung mit Ishida hatte nicht den erhofften romantischen Ton, und sie fühlte sich verloren.

»Entschuldigen Sie«, fuhr sie fort, »ich rede Unsinn, und ich mache Blödsinn. Ich habe dumme Gedanken. Solange sich nichts bewegt, ist alles in Ordnung. Aber die geringste Bewegung, und die ganze Perspektive des Bildes ist verzerrt.«

Nach einer Pause sagte Ishida:

»Sie waren nicht gezwungen, sich zu bewegen.«

»Ich wollte Sie sehen«, sagte Claire kaum hörbar. Sie

fügte hinzu: »Wenn man seine Wohnung nie verlässt, hält man sich für den Herrn der Welt. Sie spielen ein doppeltes Spiel, Sie sind hier jemand, aber Sie sind auch jemand anderer woanders. Jemand, der weggehen wird.« Sie begann zu weinen. Die Tränen rannen langsam, folgten dem Relief ihrer Wangen und landeten salzig in ihrem Mund. »Ich bin die Wächterin eines zerstörten Tempels«, fuhr sie fort, »eines absurden und protzigen Tempels. Eines Tempels, in dem ich nicht einmal mehr meine Ruhe habe, mit diesem Verrückten, der sich hier herumtreibt.« Sie streckte das Kinn einem Rossetti entgegen, der sich möglicherweise hinter einem kegelförmig geschnittenen Buchsbaum oder einem dichten Spalierwein verbarg. »Wer ist dieser Typ?«, fragte sie erneut und trocknete sich die Augen.

»Ich habe vor zehn Jahren seine Frau getötet. Damals machten wir beide das, was man Industriespionage nennt, er für einen französischen Konzern und ich für eine internationale Gesellschaft.« Er sah Claire an, die ihre Hände betrachtete. »Es war viel Geld zu verdienen mit einer Unternehmung, die ein medizinisches Patent betraf. Die Details sind nicht weiter wichtig. Aber dieser Idiot hatte beschlossen, seine Frau als Köder zu benutzen. Sie sollte mich verführen und mir das Patent abnehmen, das ich bereits gestohlen hatte. Er hatte nicht eine Sekunde angenommen, dass ich dieser langweiligen und dummen kleinen Frau widerstehen könnte, die er auf mich angesetzt hatte. Sie schwitzte, sie sprach leise und bewegte sich ungelenk in ihren neuen Kleidern. Ich habe sie überrascht, als sie meine Papiere durchsuchte, und nicht gesehen, dass sie den Revolver in meiner Jackentasche gefunden hatte. Sie wollte ihn benutzen, aber ihr bescheuerter Mann hatte ihr nicht erklärt, wie so eine Waffe funktioniert. Ich habe sie ihr abgenommen, aber anstatt wegzulaufen, hat sie sich an mich geklammert. Sie schlug auf mich ein, immer wieder, und dabei ist der Schuss losgegangen. Es war ein schrecklicher Irrtum, diese Frau hatte lediglich eine Ohrfeige verdient, und dann raus mit ihr.«

Ishida schwieg einen Augenblick. Claire hatte sich die Szene vorgestellt und Rossettis Frau die Züge einer Schauspielerin verliehen, die sie auf der Titelseite einer Zeitschrift in Monicas Wartezimmer gesehen hatte. Sie fror und spürte den Tod, der ganz in der Nähe lauerte.

»Und Sie wurden nicht verhaftet?«

Ishida seufzte leise und drehte den Kopf ganz langsam zu Claire. Er sah sie so eindringlich an, dass sie die Augen schloss, wie man einen Schlag pariert.

»Er will sich persönlich rächen. Er hat beschlossen, mir jeden Augenblick meines Lebens zur Hölle zu machen. Jahrelang ist er mir wie ein Hund gefolgt. Ich habe meine Aktivitäten beendet, ich habe ausgehandelt, was ausgehandelt werden musste, ich bin gereist, um ihn abzuschütteln, ihn und seine idiotische Rache, und es ist mir gelungen. Er hat mich vor drei Jahren in New York verloren. Ich habe ihn überall gesehen, aber er war nicht mehr da, es war nur eine Erinnerung. Daraufhin habe ich mir diesen alten Traum, nach Paris zu ziehen, gegönnt, aber an dem Tag, an dem das Fenster über Ihnen hell wurde, habe ich gewusst, dass er mich wiedergefunden hat.«

»Aber wie hat er das geschafft?«, fragte Claire. Das Weinen war ihr gründlich vergangen.

»Er tut nichts anderes. Und alles, was man ausschließlich tut, funktioniert. Das wissen Sie doch, nicht wahr?«

Claire verstand die Anspielung nicht und fuhr fort:

»Glauben Sie, dass er nie aufhören wird?«

»Er wird aufhören. Er wird mich töten.«

Eine sehr lange Pause erlaubte Claire, die letzten Wochen noch einmal im Licht dessen, was sie gerade erfahren hatte, Revue passieren zu lassen. Es war faszinierend, schockierend und exotisch.

»Wissen Sie, er hat etwas mit meiner Nachbarin unter mir. Glaube ich jedenfalls.«

»Dann wird er mich sehr bald töten müssen, um seine Freiheit wiederzuerlangen.«

»Sie sagen das, als wäre es unvermeidlich.«

Claire war entsetzt. Monsieur Ishida kam ihr, wie er da neben ihr saß, klein, zerbrechlich und unendlich traurig vor.

»Erinnern Sie sich an unsere erste Begegnung?«

Claire nickte, ohne ihn anzusehen.

»Sie haben mir von den Romanen von Kawabata erzählt … Es ist merkwürdig … eine Unbekannte, eine Europäerin … die mir von einem alten Mann berichtete, von seinen weißen Puppen, von seiner unstillbaren Sehnsucht …«

Claire war glücklich. In diesem Garten zwischen Licht und Schatten fand sie endlich ihren Freund und ihre ruhigen Unterhaltungen wieder. Sie sagte:

»Und Sie haben mir erklärt, dass Kawabata ebenso wenig Japan sei, wie Camus und Gide nicht Frankreich sind.«

»Ja. Wir sind ein rätselhaftes Land geblieben, trotz aller Anstrengungen, die Sie und wir unternommen haben, uns zu verstehen.« Er schwieg und rieb die Hände auf seinen Schenkeln. Claire bemerkte, dass an diesem Tag nichts von ihm ausging. Er hatte keinen Geruch, kein Gewicht, als sei er nicht wirklich da. Ishida fuhr fort: »Die Regel verlangt, dass es in unseren Gärten unmöglich ist, alles auf einen Blick zu sehen, egal, an welcher Stelle man sich befindet.«

Claire war beunruhigt. Dieser Mann war kostbar, und sie wollte ihn nicht verlieren.

»Was werden Sie tun?«

»Ich weiß noch nicht.«

»Werden Sie ausziehen?«

»Ich weiß nicht«, wiederholte er.

»Ich weiß, dass Sie ausziehen werden«, sagte Claire leicht aggressiv. Sie wünschte und sie fürchtete es. »Ich werde den sehr beneidenswerten Status einer Erinnerung erlangen. Einer exotischen Erinnerung«, fügte sie hinzu.

Ishida stand auf, blickte sich um, machte ein paar Schritte um den Sandkasten, den Blick auf seine Füße gerichtet, und setzte sich dann wieder neben eine Claire, die am Boden zerstört und blass war, das Gesicht von einem Migräneanfall verzerrt.

»Ich bin ein müder Mann«, sagte er.

»Ich verlange nichts anderes von Ihnen«, erwiderte Claire.

Daraufhin legte er seinen Kopf auf die Schulter der jungen Frau und blieb eine Weile so sitzen. Claire hatte das Gefühl, die Zeit stünde still. Reglos vor Glück schloss sie die Augen. Ein amerikanischer Tourist mit einem Audioguide auf dem Kopf lächelte, als er dieses seltsame Liebespaar schlafend auf einer Bank neben dem Sandkasten des Musée Rodin erblickte.

Während Claire geschlafen hatte, war Ishida gegangen und hatte das Gewicht seines Kopfes auf ihrer Schulter gelassen. Sie stand auf, ließ sich wieder auf die Bank fallen, legte ihre Hand auf die Schulter und dachte, dass diese Hand, die Ishida gestreichelt hatte, nach Dietrich roch und dass das alles schlecht enden würde.

Sie aß im Garten zu Mittag, unfähig, den Ort zu verlassen, und blieb dann vor der Statue von Balzac stehen, die abseits in einer Ecke des Parks stand. Überzogen von grünlichen Streifen, litt ihr Lieblingsautor auf seiner Wiese. Nasenlöcher, Augenbrauen, die riesigen Füße, der Helm seiner Haare gedemütigt von Taubendreck, setzte er sich, ein schmerzerfüllter und keuscher Riese, den neugierigen Blicken der ausländischen Touristen aus. Alles bringt mich zum Weinen, dachte Claire niedergeschlagen, sogar die Statue von Balzac.

Als sie an dem Wächter vor dem Museumseingang vorbeiging, hatte sie das Gefühl, aus einem Traum zu erwachen, diesmal ohne Wasser, ohne Fische und ohne Gummistiefel. Sie legte sich selbst Rechenschaft über ihre Gefühle ab und traf ein paar unumstößliche Entscheidungen: wieder an die Arbeit gehen, die Pflanzen jeden Tag gießen, Monsieur Lebovitz besuchen, ein Wochenende in La Baule bei ihrer Schwester einplanen, weniger teure Bücher kaufen und gesund essen. Als sie an dem Friseursalon vorbeikam, machte sie den jungen Männern, die jetzt sehr beschäftigt waren, ein kleines Zeichen, um ihnen zu bedeuten, dass alles in Ordnung sei, und fügte der Liste ihrer Vorsätze hinzu, sich die Haare von dem netten Jungen mit dem Haarlack schneiden zu lassen.

16

Claire setzte ihre Vorsätze in die Tat um, Punkt für Punkt. Gewissenhaft, wie sie war, vernachlässigte sie kein Detail, litt so viel wie nötig und richtete sich nach und nach in einem sehr ruhigen Zustand des Wartens ein. Nach ihrem Treffen im Musée Rodin war Ishida nicht mehr aufgetaucht. Claire ging regelmäßig in seine Wohnung, um die Zeitungen hineinzulegen, die aus seinem Briefkasten quollen, Abonnements, die er nicht gekündigt hatte, was ein gutes Zeichen war. Dann setzte sie sich auf seinen Platz und träumte bei Jazzmusik vor sich hin. Sie wollte es nicht zugeben, aber die Wohnung befreite sich nach und nach von ihrem Bewohner.

Was Louise betraf, so hatte sie Antoine eine Nachricht hinterlassen, in der sie ihm mitteilte, dass er sie nicht suchen solle. Sie sei aus freien Stücken mit einem Mann fortgegangen, »du kennst ihn nicht«, und sie würde nicht zurückkehren. Sie hatte nicht mit Lucie gesprochen, die den Weggang ihrer Mutter mit einer Souveränität verkraftete, zu der nur Kinder fähig sind. Einige Zeit später sagte sie Claire, es sei merkwürdig, »seit Mama gegangen ist, riecht die Wohnung nach gar nichts mehr«. Die junge Frau war von dieser Bemerkung bis ins Herz getroffen und fügte sie der Liste ihrer Leitsätze hinzu, gleichberechtigt neben anderen, wie Flauberts Ausspruch: »Man muss leben wie ein Bürger und denken wie ein Halbgott«, den sie wieder aktivierte, wie man einen runden Rücken aufrichtet. Sie kümmerte sich um Madame Courtois, aß ihre kochend heiße Suppe und hörte sich, nicht sonderlich interessiert, die Erzählungen ihrer Erlebnisse des Tages an, während sie durch das Wohnzimmerfenster das Fernsehprogramm des jungen Nachbarn verfolgte. Von diesem Beobachtungsposten aus sah Claire häufig, wie ihre kleine Freundin auf den Knien ihres Vaters ein Sandwich aß und dabei einen Zeichentrickfilm anschaute. Sie ging mehrmals mit Lebovitz, der von Tag zu Tag gebrechlicher wurde, abends beim Italiener essen. Claire dachte daran, dem alten Herrn einen Ventilator zu kaufen, aber sein Problem war nicht die unerträgliche Hitze. Sie fand heraus, dass seine Tochter entschieden hatte, ihn bei ihrem nächsten Besuch nach Israel mitzunehmen. »Du kannst nicht mehr allein bleiben«, hatte sie brutal, anmaßend und bestimmt gesagt. Claire war sicher, dass er es vorziehen würde zu sterben und auch tatsächlich sterben würde. Sie verbrachte viel Zeit mit Lucie, um ihrem Vater Zeit zu geben, »sich wieder zu fangen«. Sie führte sie in den Pariser Sommer ein, in das Spiel »Touristen auf der Terrasse«, das darin bestand, die Nationalitäten (zwei Punkte) oder die Kontinente (einen Punkt) der Ausländer zu erkennen. Die beiden Freundinnen gingen ins Kino, in herrlich kühle Säle. Claire zeigte ihr Deborah Kerr, die

Lucie sehr »an Mama« erinnerte. Greta Garbo machte ihr »ein wenig Angst«, und Marilyn Monroe führte zu Heiterkeitsausbrüchen bei diesem wirklich sehr ungewöhnlichen Mädchen. Sie aßen eine Unmenge Eis und perfektionierten ihre Schnelligkeit im Uno-Spiel. Abends brachte Claire das Mädchen zu seinem Vater zurück, der todtraurig, grau wie der Finanzbeamte, der er war, und mit lose herabhängenden Schultern wie ein Häufchen Elend in der Wohnungstür stand. Sie kümmerte sich um die anderen, aber die anderen kümmerten sich auch um sie. Vorsichtig und nach eigenem Ermessen lebte sie von einem Tag auf den andern.

Eines Abends kreuzte Dietrich, der nichts mehr von ihr gehört hatte, ohne Vorwarnung bei ihr auf. Er zwang sie, sich anzuziehen, und brauste mit ihr auf dem Motorrad durch Paris bei Nacht, einer seiner großartigen Einfälle, die Claire an die Filme Federico Fellinis erinnerten. Anschließend nahm er sie zu sich nach Hause mit und versuchte, da sie nicht mit ihm schlafen wollte, ihr die Würmer aus der Nase zu ziehen.

»Wir werden zusammen in Urlaub fahren«, verkündete er, um sie aus einer verdächtigen, beunruhigenden und ungewohnten Apathie zu reißen, die ihren Blick trübte. »Du wirst mir deine Italiener zeigen, wir fahren nach Venedig, nach Florenz, wohin du willst«, sagte er und streichelte das schlecht geschnittene Haar der jungen Frau.

Er bemerkte auch, dass sie abgenommen hatte. Claire schlief ohne Vorwarnung und ohne seine Einladung zur

Reise angenommen zu haben, praktisch mitten in einem Satz ein. Dietrich verbrachte die Nacht im Internet und sah sich Fotos von italienischen Hotels an, die alle wunderschön und hoffnungslos ausgebucht waren, als habe die ganze Welt die gleiche Idee wie er gehabt.

Die Reise scheiterte an mangelnder Begeisterung, verfügbaren Hotelzimmern und vor allem aufgrund der Ankündigung einer Steuernachzahlung, die den Osteopathen an einem beschissenen Montagmorgen im Juli aus heiterem Himmel traf. Claire hatte nicht viel Arbeit, da die Herbstproduktion abgeschlossen war. Auf Drängen von Legrand erklärte sie sich bereit, wieder einen Handyvertrag abzuschließen, denn auf dem Sprung in den Urlaub konnte dieser nicht ertragen, dass sein Personal sich ohne Nabelschnur in alle Richtungen zerstreute.

Das Haus leerte sich allmählich. Der Sommer legte sich drückend über den Hof, und der Schatten der Zeit wanderte Tag für Tag von morgens bis abends über jede Fassade. Die Mitbewohner glaubten, Claire sei krank, deprimiert und traurig. Sie täuschten sich, sie war einfach nur woanders. Sie liebte, aber sie litt nicht mehr. Nachdem sie sich wochenlang an der Realität und ihrem quälenden menschlichen Faktor gerieben hatte, hatte sie sich wieder in ihrer persönlichen Bilderfabrik eingerichtet. Die Szenerie und die Protagonisten änderten sich, aber Claire hielt noch immer die Fäden in der Hand, und am Ende ihrer erfahrenen Finger vollbrachten die Marionetten wahre Wunder. Besonders die japanischen Figuren, die sich wunderbar den Ansprüchen ihrer Phantasie fügten. Sie hatte wieder Zeit, und zwischen den Besuchen bei ihren Nachbarn, wieder zu Kindern gewordenen Alten und selbst Kind der alten Leute, las sie die erstaunlichen Texte der Hofdamen des alten Japan oder verlor sich in den Falten der Kimonos der kleinen Geishas des Malers Harunobu. Ihre befriedigte Neugier ließ Raum für das Glück der Gewohnheit, wie bei den Kindern, die hundertmal dieselbe Geschichte hören wollen, um hundertmal das Gleiche zu empfinden. Claire hatte die Gabe, sich tagelang beispielsweise in eine Sammlung von Haikus oder in ein Buch mit Holzschnitten zu vertiefen. Sie lernte nichts auswendig, kleidete sich jedoch in das, was sie las; es war wie eine Persönlichkeitsspaltung, eine Art Wahnsinn. Eine Wetteränderung, eine Musik, die sie irgendwo gehört hatte, konnten sie in eine andere Welt versetzen. Eines Tages würde sie ihre verschneiten japanischen Zedern gegen eine eisige und windgepeitschte englische Heide oder den Flitter- und Kokainwahnsinn von Los Angeles eintauschen. Es gab keine Regeln. Der Kauf einer violetten Samtjacke hatte sie einst dazu gebracht, *Anna Karenina* zu lesen. Wenn sie jedoch zum Ball eines anderen eingeladen wurde, konnte sie nicht in Begleitung erscheinen. Diese einsame Reise war der Grund, warum Dietrich zu sagen pflegte, dass sie niemanden brauchte.

Aber es gab jemanden, der wusste, dass es gefährlich war, Claire ihren Marotten zu überlassen: ihre Mutter, die eines Morgens anrief, um sich zu erkundigen, wie es ihr gehe. Sie erkannte sehr rasch das wirre Gerede, das sie stets beunruhigt hatte, wenn Claire als kleines Mädchen nach stundenlanger Lektüre durchs Wohnzimmer geschwankt war und Unsinn gebrabbelt hatte. »Wir kommen«, hörte sie sich sagen, »in Kürze nach Paris, um eine neue Matratze zu kaufen, in diesem Fachgeschäft, weißt du, im neunten Arrondissement, in der Nähe der Trinité.« Gewohnt an die Besorgnis dieser armen Frau, die sich um nichts auf der Welt hätte vorstellen können, dass man eine Affäre mit einem Japaner einem Barbecue unter Freunden vorziehen könnte, amüsierte Claire diese fragwürdige Matratzengeschichte. Zwei Tage später waren sie da, halfen ihr, einen Koffer zu packen, baten die Hausmeisterin, ihre Post aus dem Briefkasten zu nehmen, und schleppten sie mehr oder weniger gegen ihren Willen nach La Baule mit, wo ihre Schwester das Zimmer neben dem der Kinder für sie vorbereitet hatte. Neurosen sind nicht an einen Ort gebunden, und Claire nahm in einer Tasche, schwer wie der Koffer eines Terroristen, Japan ins Département Loire-Atlantique mit.

»Salut!«, rief Anne und breitete die Arme aus. Claire bemerkte, dass die amerikanischen Serien eindeutig auch in der Provinz eine unheilvolle Wirkung hatten, weil man sich beim Umarmen nun auf den Rücken klopfte. Und sie stellte auch fest, dass ihre Schwester mit zunehmendem Alter immer schöner wurde. Wie die Zeitschriftenverlegerinnen der zwanziger Jahre besaß sie einen gewissen Schwung, eine gebieterische Stimme und eine

Kopfhaltung, die nicht wenige verblüffte. Ihre braune Mähne glich einem Nest, in das sie kunterbunt durcheinandergewürfelte Spangen und Kämme steckte. In einer anderen Geschichte hätte man sie als eine schöne gesunde Pflanze beschrieben. Hier war sie Claires Schwester, Haustyrann, Ehefrau, die sich gern produzierte, und Königin des Chaos. Die Eltern sahen in ihr die Freiheitsstatue und hatten sich der Schar der hilfreichen Hände angeschlossen, die die Bienenkönigin umgaben, von der früher nur ihre jüngere Schwester gewusst hatte, was sie eigentlich im Herzen bewegte. Die Eltern setzten Claire ab und fuhren noch am selben Abend weiter, da sie von ihrer Clique im Limousin zu einem viertägigen Ausflug erwartet wurden, eine moderne Version der Wallfahrt nach Santiago de Compostela für nicht religiöse Rentner. Nachdem Claire ihr Gepäck im Eingang der wuchtigen Villa Bon Air abgestellt hatte, lief sie zum Strand, allein, das hatte sie sich ausgebeten. Sie liebte das Meer, das beängstigende Tosen, die ohrenbetäubende Bewegung und die metallischen Farben des Atlantiks, den sie wie eine riesige eindrucksvolle und mütterliche Göttin verehrte. Jedes Mal wenn sie diese Naturgewalt wiedersah, war es ein Schock. Der Wind, der Geruch nach Jod und Fisch, die schäumende Brandung, die Kinder, die schreiend den Strand entlangliefen, versetzten ihre Sinne in Panik bis zur Übelkeit. Die Schuhe auszuziehen war der erste Schritt des Kultes und die Füße im Sand, »dem feinsten der ganzen Atlantikküste«, einsinken zu lassen der zweite. Es war kalt an diesem Spätnachmittag. Schließlich setzte sie sich benommen, wilde Freudenschreie in der Kehle. Im Getöse des Meeres dachte sie lächelnd, dass es großartig war, hier zu sein, ja, dass es geradezu ein Wunder sei.

Blass, weil sie zu viel Luft getrunken und ihre innere Musik zu laut gesungen hatte, kam Claire torkelnd vom Strand zurück und bemerkte, dass sie in einem sehr schlimmen Zustand war. Die Bestätigung dafür bekam sie bei dem Menschenfresserabendessen, das sie bei ihrer Schwester erwartete. Neben Jean-Paul, Anne und den Kindern hatte Claire das Gefühl, von Staub bedeckt zu sein, ein schwarzweißer Irrtum in einem Farbfilm. Selbst das Innere dieser Familie schien knallfarben zu sein. Ihr Lachen, der Ton ihrer Stimmen leuchteten wie Primärfarben auf einer Fahne.

»Ein bisschen Sonne wird dir bestimmt guttun!«, sagte Jean-Paul passenderweise.

Ihr Schwager mochte die Pariser nicht. Das war ein Steckenpferd, auf dem er seit vielen Jahren herumritt, ohne dass Claire wusste, warum. Sie hatte eine vage Vorstellung, nämlich dass es mit der Ordnung in der Unordnung zu tun haben könnte, die Anne und er verabscheuten und in der die Pariser unter anderem ganz groß waren. Sie kreuzten in Abendkleidung in der Provinz auf und hörten sich mit beunruhigender Demut und höflichem Lächeln die Großmäuler der Provinz an, die alle über einen Wahlkreis oder ein Publikum, und mochte es noch so klein sein, verfügten. Jean-Paul hielt seine Schwägerin für eine alte Jungfer, eine verstaubte Intellektuelle, die er in seinen geheimsten Träumen damals, als sie noch häufig gekommen, lange geblieben und mit einer Gruppe von Freunden ausgegangen war, gern einem seiner Kumpanen geschenkt hätte. Aber das hatte sich als unmöglich herausgestellt. Claire hatte die Zähne gezeigt, sobald ein Typ sie anbaggerte. Keiner, so war es Jean-Paul vorgekommen, »war gut genug für sie«. An diesem Abend fand er sie besonders seltsam, ja fremd, eigenartig orientalisch.

»Und, was hast du vor?«, fragte Anne, aufs Höchste begeistert.

»Mich wieder in Form bringen«, erwiderte Claire, der dieser Gedanke blitzartig bei einer Gabel Tomate-Mozzarella gekommen war.

»Wunderbar«, entgegnete Anne bewundernd und sah Jean-Paul an. »Du kannst das rote Fahrrad nehmen, wenn du willst. Ich habe es aufgepumpt und im Eingang die Zeiten von Ebbe und Flut aufgehängt. Du kommst gerade richtig, die Flut ist um drei.«

Claire ging früh schlafen, las ein paar Seiten und schlief über einem Satz ein, den sie, er hatte es verdient, ihrem Pantheon hinzufügte:

Dinge, die vergehen

Ein Schiff, dessen Segel gesetzt ist
Das Alter der Menschen
Der Frühling, der Sommer, der Herbst, der Winter

Am ersten Tag am Strand traf sie die Freundinnen ihrer Schwester wieder, andere Bienenköniginnen, deren Kinder sie durcheinanderbrachte. Ihre Unterhaltungen interessierten Claire nicht, also las sie, schwamm, las, schwamm, unempfänglich für die Blicke und die Neugier, die ihre schneeweiße Haut auslöste. Stumm inmitten der eingeölten sonnengebräunten Körper, hob sie den Kopf nur, wenn eine Zuchtperle aus dem Mund eines der Kinder fiel, die in ihrer Nähe spielten. Manchmal erschauerte sie, glaubte Ishida zu sehen, der ihr ein Zeichen machte. Am Rand des Meeres stehend, betrachtete sie ihre Füße, die von einer Welle überspült und wieder freigegeben wurden. Ihr Kopf drehte sich unablässig, und ihr Körper drohte zu explodieren. Der Lärm an diesem endlosen Strand, »dem größten Europas«, war ohrenbetäubend, und Claire zählte ihre Schritte, um nicht hinzufallen, während sie sich einen Weg zu ihrem Badetuch bahnte. Am zweiten Abend lehnte sie die Einladung zu einem Barbecue bei den Nachbarn ab und bummelte durch La Baule at night, mit Sonnenbrand im Gesicht, weichen Knien, ein Buch, nützlich wie ein Messbuch, unter dem Arm. Bereits am Nachmittag hatte Legrand angerufen, um zu überprüfen, dass sie das Handy, das er ihr gekauft hatte, auch eingeschaltet hatte. »Hier ist die ganze Zeit das schönste Wetter!«, hatte er gesagt, ohne auf Einzelheiten einzugehen. Claire kaufte Postkarten, auf denen bretonische Gerichte abgebildet und die entsprechenden Rezepte abgedruckt waren: der *kouignamann*, ein bretonischer Butterkuchen, für Dietrich, der bretonische Backpflaumenkuchen, *far breton*, für Lucie, der Rührkuchen für Monsieur Lebovitz und die gratinierten Austern für Madame Courtois. Sie dachte daran, dass sie Jean-Baptiste lange nicht mehr geschrieben hatte. Von nun an teilte sie ihre Erinnerungen auf zwischen diesem schönen Mann, den sie verloren hatte, und Ishida, der ebenfalls unmerklich in einer angehaltenen Bewegung auf ihrer Schulter zu kristallisieren begann.

Allmählich richtete sie sich in ihren Ferien ein. Sie machte stundenlange unwirkliche Fahrradtouren durch die Salzgärten, halluzinierend vor Einsamkeit. Sie spielte mit den Kindern in Löchern voll heißem Wasser, die Füße bei Ebbe im lebendigen Sand vergraben. Sie gewöhnte sich an den Lärm, schwankte weniger und berauschte sich am Geruch der Kiefern, der den Garten der Villa Bon Air zuckerte. Es gelang ihr, während eines Abendessens zu zehnt in einer berühmten Crêperie der Côte Sauvage normal über sich zu sprechen. »Ich liebe meine Arbeit sehr, und ich habe das Glück, in einem der schönsten Viertel von Paris zu wohnen«, hatte sie gesagt. Im Gewühl des überfüllten Strandes auf dem Sand ausgestreckt, betrachtete sie die Wolken, die vor ihren Augen vorbeizogen, und dachte, hier ist alles in Bewegung.

Die nackten Füße in den Kiefernnadeln des Gartens, den Kopf von den Sternen der Nacht umgeben, redeten die beiden Schwestern eines Abends, als Jean-Paul mit den Kindern ausgegangen war, aneinander vorbei. Claire redete um den heißen Brei herum, was Ishida betraf, deutete an, dass er eine Art Ganove sei, und Anne, Korkenzieher und eine Flasche Saumur zwischen den Schenkeln, virile Haushexe mit zerzausten Haaren im Mondlicht, wechselte das Thema. Sie hatte keine Lust auf eine umgearbeitete Version des »Dramas Jean-Baptiste«. Unwissentlich hatte Claire monatelang einen Schleier der Unsicherheit und aggressiven Liebe über ihr Leben gebreitet. Solange die beiden Schwestern denken konnten, stritten sie sich, weil Anne Claire ihre merkwürdige Askese, ihren mangelnden Ehrgeiz und den Nebel, in den sie ihr Leben in Paris hüllte, vorwarf. Sie wollte ihr von ihrem Liebhaber erzählen, einem Typen, den sie im Geschäft kennengelernt hatte. Claire fragte sie daraufhin, ob sie wisse, dass die heilige Anna die Mutter der Jungfrau Maria sei, woraufhin das Thema der ehebrecherischen Ausrutscher erledigt war.

Dennoch schafften sie es, in dem dunklen Garten über die Vergangenheit und ihre Eltern zu lachen. Anne hatte keine Angst vor ihren Erinnerungen und breitete sie ganz offen und ohne Bosheit aus, als handele es sich um mehr oder weniger belanglose Anekdoten vom Vortag. Sie schien die Gefahren der Erinnerung zu ignorieren. Jedenfalls trotzte sie ihnen beherzt am helllichten Tag, dachte Claire bewundernd. Sie gingen leicht beschwipst schlafen. Claires Handy klingelte in der Nacht zweimal, zwei anonyme Anrufe, die sie nicht hörte.

Es begann zu regnen. Die Villa Bon Air roch nach Kirche, und die Spielkarten rochen nach Schimmel. Claire wurde in ein Spiel eingeführt, bei dem es auf Allgemeinwissen ankam, mit »Camembert«-Stücken in verschiedenen Farben, die man sammeln musste, indem man Fragen beantwortete wie: »Welchen Teil des menschlichen Körpers reiben die Inuit als Zeichen der Zuneigung aneinander?« Oder: »Wer ist der meistübersetzte französische Autor?« Jean-Paul wunderte sich über Claires mäßiges Abschneiden bei diesem Spiel: »Wo du doch die ganze Zeit liest …« Worauf sie erwiderte, dass es ihr vollkommen gleichgültig sei, ob sie sich an das, was sie gelernt habe, erinnere oder nicht. Man langweilte sich zu mehreren mit einem Know-how, das man im Laufe vieler Sommer immer weiter perfektioniert hatte. Auf einem Flohmarkt im Freien für Spielzeug und Küchenutensilien fand Claire genügend Sachen, um Lucies Puppe für mehrere Saisons einzukleiden. Nachdem sie ihre Schwester abgehängt hatte, für die sie sich geschämt hatte, weil sie um Kasserollen für zwei Euro feilschte, war sie auf ein Buch gestoßen, das sie als Kind geliebt hatte. Es lag ganz unten in einem feuchten Karton in einer furchtbar tristen Straße. Sie blätterte darin und fand das Bild wieder, das ihre Phantasie damals so sehr angeregt hatte. Es stellte einen Hund auf dem Mond dar, der träumte, dass seine Tierfreunde und die Heldin, ein kleines blondes Mädchen, in Fische verwandelt worden waren. Ihre Schwester fand sie reglos dastehend, das geöffnete Buch in den Händen. Da sie sich wegen ihrer Blässe Sorgen machte, schlug sie ihr vor, nach Hause zurückzukehren.

Nach dem Regen setzte Claire sich eines Abends in den

nassen und duftenden Garten, während die anderen Belote spielten. Sie war traurig. Lichtgirlanden, die von einer Geburtstagsfeier am Abend zuvor übrig geblieben waren, hingen an den Bäumen im Garten gegenüber. Ein Pärchen fuhr auf Fahrrädern vorbei, gespenstische Tiere, die über die Fahrbahn rutschten. Claire fror jetzt von morgens bis abends und wollte nach Paris zurück. Und doch hielt sie irgendetwas bei ihrer Schwester. Sie war sicher, dass Anne ihre Kinder ermahnt hatte, bevor sie gekommen war: »Seid nett zu eurer Tante, sie ist erschöpft.« Selbst Jean-Paul hatte sich ruhig verhalten. Sie konnte nicht nur wegen des Regens abreisen. Sie stand auf, um zu den anderen ins Haus zurückzugehen, als das Gartentor aufging und Dietrich vor ihr stand.

»Wurde aber auch Zeit, dass du kommst, ich bin schon ganz aufgeweicht«, sagte Claire, ohne die geringste Überraschung zu zeigen. »Warte, ich hole mir eine Jacke.«

Sie gingen über den Erdwall. Claire war ihm unendlich dankbar, dass er gekommen war, ohne dass sie ihn darum hatte bitten müssen. Die Hände in den Taschen, lächelte er neben ihr, betrachtete den Himmel und atmete tief durch, wie alle, die ankommen. Sie begegneten Familien mit Eiswaffeln und Hunden, alten Leuten, die von Jahrzehnten in der Sonne ganz runzlig waren, und jungen Leuten, schön wie Halbgötter. Sie setzten sich auf eine Bank am Meer, ein Tintenfleck so weit das Auge reichte, das schwarze Loch der Alpträume Claires.

Sie wandte den Blick nicht von Dietrichs Profil. Er verschlang mit den Augen das Meer, den Himmel und den Moment. Claire war sich mit einem Mal sicher, dass sie diesen Mann liebte. Sie legte ihren Kopf auf seine Schulter, wie man die Waffen seinem Feind zu Füßen legt, spürte seinen Atem, sein eiskaltes Ohr, sein dichtes regennasses Haar und die Reste eines Eau de Toilette, das er am Morgen benutzt hatte, während er vielleicht beschlossen hatte, in seinen Wagen zu steigen und ans Meer zu fahren.

»Ich habe gestern Monica gesehen. Ich habe ihr gesagt, dass du hier bist. Sie schien erleichtert.«

»Ich will dem Tod keine Macht über meine Gedanken einräumen«, deklamierte Claire, während sie auf das Meer schaute, den Kopf immer noch auf Dietrichs Schulter. »Ein deutscher Schriftsteller hat das gesagt. Es ist ein sehr schöner und sehr eleganter Gedanke, dem ich zustimme und den ich zu beherzigen versuche. Der Mann, der es gesagt hat, glaubte uneingeschränkt an die Disziplin, zu der er sich zwang, denn er war jemand, der Versuchungen nur schwer widerstehen konnte.«

»Du bist wie er.«

»Ein bisschen.«

»Du bist nicht realistisch. Ich frage mich sogar, ob du manchmal nicht ein wenig übergeschnappt bist«, sagte er lachend.

»Keine Angst, ich bin nicht verrückt. Aber viele Dinge sind mir einfach egal. Zum Beispiel was die Leute tun. Ich interessiere mich nur für das, was sie nicht sagen.«

»Genau das dachte ich mir«, sagte Dietrich und stellte

die Beine nebeneinander. Sie konnte sagen, was sie wollte, er war einfach nicht zu schlagen.

Sie schwiegen einen Augenblick. Sie hatte sich zwischen Dietrichs Jacke und seinen Körper geschmiegt. Das Herz ihres Liebhabers schlug sehr schnell und strafte sein gelassenes Lächeln Lügen. Claire dagegen war sehr ruhig. Sie hatte die Fähigkeit der großen Träumer, die Tatsachen zu übergehen, so wie Kinder geschickt und mühelos über Pfützen springen. Seit ein paar Tagen keimten in ihr die Anfänge einer anderen Geschichte, fern von Japan, fern von Italien, wie die Lichter des Hafens, die nach einer langen Überfahrt durch den Nebel dringen. Sie bemerkte, dass ihre Ferien sie Tag für Tag weiter von ihrem japanischen Szenarium entfernt hatten, wie ein Parfum, das in seinem Flacon mit der Zeit den Duft verliert. Die Zeit hatte nur durch die Langlebigkeit ihrer Bilder Einfluss auf sie. Häufig verschwanden diese schneller als die Personen, die in ihnen auftraten. Manche überschritten die Grenzen und würden ihr bis zu ihrem Tod treu bleiben, der kristallisierte Jean-Baptiste etwa, wie ein goldener Standard. Sie hatte nicht die geringste Ahnung, was aus Ishida oder Rossetti in ihrer langen Galerie werden würde, in der Echtes und Falsches gleichberechtigt nebeneinanderstanden. Im Augenblick bestand ausnahmsweise eine Verbindung zwischen der Realität und ihren Wünschen, und das musste sie ausnutzen.

»Steht dein Wagen weit weg? Ich möchte dir gern etwas zeigen«, sagte sie.

Sie fuhren los. Claire leitete ihn von einer Straße zur anderen, inmitten der Kiefern. Sie überquerten eine Brücke, verließen die Stadt und erreichten kurz darauf die Küste.

»Man nennt sie die Côte Sauvage«, sagte Claire und stieg aus dem Wagen.

Die Kleidung von einem aufdringlichen Wind eng an den Körper gepresst, gingen sie die Steilküste entlang und stiegen dann in eine kleine Bucht hinunter. Ein Kellergeruch, in den sich derjenige der Abfälle des Tages mischte, und höhlenartige Geräusche überfielen sie. Es roch nach Spätsommer, vermischten Nachrichten, feiger Trennung. Claire dachte, dass es eine sehr schlechte Idee gewesen war hierher zu kommen, aber jetzt war es zu spät, nun musste sie dazu stehen. Sie ging zum Meer, das sich in verdächtigem gelbem Schaum auf dem Sand des Strandes brach, blieb lange dort stehen und fragte sich, was Dietrich wohl in ihrem Rücken machte.

»Als ich jung war, kam ich oft hierher und machte Pläne. Wenn der Sommer zu Ende ging, machte ich Pläne für das kommende Jahr. Und jedes Jahr schickte das Meer mir die gleiche Welle, die gleiche, immer wieder neu begonnene Bewegung zurück, als wollte es mir sagen, dass alle Pläne sinnlos sind. Und dann wurde ich mit dem Lärm der anderen, ihren endgültigen Worten, dem grellen Licht, der Zeit der Pendeluhren, meiner mangelnden Ernsthaftigkeit, den Männern, die mir widerstanden, und der Langeweile, die die Laune wie alte Milch verdirbt, konfrontiert. Ich habe gelesen, um der Welt zu verzeihen, dass sie so banal ist, und später brauchte ich keine Pläne mehr zu machen. Ishida hat mir gesagt, ich sei japanischer als er, ich verstünde es, im Augenblick zu leben. Aber ich lebe nicht im Augenblick. Er hat sich in mir getäuscht.«

Sie drehte sich um, der Strand war leer.

»Wenn ich schon mal rede«, dachte sie bitter.

Als sie sich anschickte, die steinerne, in den Felsen gemauerte Treppe wieder hinaufzusteigen, griff Dietrich nach ihrer Hand, um ihr zu helfen. Überrascht stieß sie einen Schrei aus, er lachte und zog sie an sich. Im Wagen schnallte er sich an und schaltete den Scheibenwischer ein.

»Das ist das traurigste Geräusch der Welt«, sagte Claire, die sehr gerade auf dem Todessitz saß.

17

Dietrich fuhr am nächsten Tag in aller Frühe los. An der Tankstelle steckte er die Hand in eine Handvoll Sand in seiner Jackentasche und streichelte eine glatte weiße Muschelschale, die er am Abend zuvor am Strand aufgehoben hatte, vor den Füßen von Claire, die er liebte, das war sicher.

Sie folgte ihm zwei Tage später. Im Zug vergegenwärtigte sie sich noch einmal die letzten Worte ihrer Schwester. Ein banaler Wortwechsel auf dem Bahnsteig, den die Blicke wie Untertitel doppelten, hatte den beiden Frauen die Hoffnung auf eine Beziehung gegeben, die eines Tages von ihren unvermeidlichen Eltern befreit sein würde. Es war ein »heikles« Thema für Claire, die hinter ihrer Sonnenbrille einen Gutteil der Reise weinte. Die übrige Zeit verbrachte sie mit einer Literaturzeitschrift, die neue Bücher des Herbstes wie Leckereien präsentierte, die einem das Wasser im Mund zusammenlaufen lassen sollten. Claire blätterte in der Beilage, die Auszüge aus den »Romanen, die Sie dieses Jahr lieben werden«, enthielt.

Sie stellte fest, dass ein neues Restaurant seine Pforten ein paar Schritte von ihrer Wohnung entfernt geöffnet hatte. Gewissenhaft studierte sie die Karte, um den

Augenblick hinauszuzögern, in dem sie im Hof, im Treppenhaus, in ihrer Wohnung entscheidende Veränderungen entdecken würde, die ihre Ruhe gefährdeten. Als sie in den Hof kam, bemerkte sie nichts Beunruhigendes. Claire öffnete ihre Vorhänge nicht, weil sie sich dem deprimierenden Anblick des angehaltenen Films hinter Ishidas Fensterscheiben nicht gleich aussetzen wollte. Sie packte ihren Koffer aus und stellte die Bücher, die sie gelesen hatte, ins Regal zurück, nach einem letzten Blick auf die blassen und dunkelhaarigen Geishas, die auf den Umschlägen die Köpfe neigten. Sie holte eine Pizza aus dem Gefrierschrank und aß sie lauwarm. Über ihrem Kopf vernahm sie kein Geräusch. Durch das Küchenfenster, das auf den kleinen italienischen Hof ging, hörte sie, wie Antoine und Lucie sich leise unterhielten wie ein altes Ehepaar, das sich gern hat. Jemand briet ein Steak. Sie fand einen Keks, den ihre kleine Nachbarin vergessen hatte, und aß ihn, während sie ihr braungebranntes Gesicht im Badezimmerspiegel betrachtete. Dann schaltete sie die Waschmaschine ein, nahm eine Dusche, rief Dietrich an, der nicht da war, »ich bin's, ich ruf wieder an«, und Legrand, der begeistert war, als sei sie aus Neuseeland oder Patagonien oder jedenfalls von einem sehr weit entfernten Ort zurückgekommen, was er nicht erwartet hätte. Sie bezog ihr Bett und ging mit Erzählungen, damenuntauglich, wie man so schön sagt, von Somerset Maugham ins Bett. Die Vorhänge wurden nicht geöffnet, weil Claires Entschlossenheit ebenso unerschütterlich wie ihre Hundetreue war. Sie verstand es eben, zu gegebener Zeit mit furchtbarer Härte und ohne zu zögern unwiderrufliche Entscheidungen zu treffen.

Sie träumte, dass sie einen sehr grauen und trüben Fluss stromaufwärts fuhr, verfolgt von Rossetti in seinem karierten Hemd, mit trockenem Hintern in einem Kanu und aus voller Kehle ein Lied aus ihrer Kindheit singend, das sie ihm in den Mund gelegt hatte. Als er sie eingeholt hatte, wurde Claire von Lärm im Hof geweckt. Aufrecht in ihrem Bett sitzend, hörte sie einen gellenden Ruf aus einem Walkie-Talkie, unbekannte Männerstimmen, Schritte im Treppenhaus und dann Weinen, Madame Courtois… Claire zog die Vorhänge ihres Schlafzimmers auf und öffnete das Fenster zum erleuchteten Hof, in dem zehn Feuerwehrleute eine dunkle Gestalt auf dem Pflaster umringten. Claires Herz schlug wie wild, sie begann am offenen Fenster, wie vom Balkon eines italienischen Theaters, laut zu schreien, und alle drehten, ein neues Drama befürchtend, entsetzt den Kopf zu ihr. Ein paar Sekunden später waren zwei Feuerwehrleute bei ihr.

»Hat er sich umgebracht?«, fragte Claire.

»Das wissen wir nicht. Kannten Sie ihn?«

Claire stand auf, ihr war schwindelig. Einer der Feuerwehrmänner hatte seine Hand ausgestreckt, bereit, ihren Körper aufzufangen, sollte sie ohnmächtig werden. Als sie begriffen hatten, dass sie Ishida sehen wollte, hielten sie sie zurück. Im Knistern der Funksprechgeräte, in dem Hin und Her der Polizisten und Feuerwehrleute im Treppenhaus, den geflüsterten Gesprächen und dem Öffnen und

Schließen der Fenster schlief Claire schließlich ein. Später in der Nacht wachte sie erneut auf und fragte sich, ob sie Ishidas Tod geträumt hatte. Sie kam zu dem Schluss, dass es so sein musste, und schlief wieder ein in der Stille, die in den Hof zurückgekehrt war.

Um sechs Uhr morgens schreckte Claire aus dem Schlaf. Die Vorhänge ihres Schlafzimmers waren geöffnet. Die junge Frau rekonstruierte das entsetzliche Puzzle der Nacht, zog sich zitternd an, nahm Ishidas Schlüsselbund und stürzte hinaus. Sie setzte ihre Füße auf die schmale Borte, die die Concierge nicht von den Pflastersteinen des Hofes zu entfernen vermocht hatte, hob den Kopf, ließ die Zeit zurücklaufen und vollzog den Weg ihres Freundes in umgekehrter Richtung nach. Sie sagte sich, dass das Letzte, was er gesehen hatte, bevor er gesprungen war, ihre boshafterweise zugezogenen Vorhänge gewesen sein mussten. Dann ging sie zu Ishidas Wohnung hinauf. An der Tür waren Siegel angebracht worden. Claire, die Wirklichkeitsfremde, die sich von nichts beirren ließ, weil sie dort, wo sie lebte, alles selbst entschied, stand vor einer Wohnung, zu der man ihr den Zutritt verweigerte. Niedergeschlagen setzte sie sich auf die Treppenstufen und vergegenwärtigte sich mit geschlossenen Augen den zart duftenden kühlen Seidenstoff von Ishidas Kimono und dann ihr Spiegelbild, als sie das Kleidungsstück ihres Freundes angezogen hatte. »Tränennasse Ärmel sind die Gefährten meiner Nacht«, rezitierte sie leise. Ihre Liebe zu Ishida war keine irdische

Liebe. Dieser Mann war lachend durch ihr Leben gegangen, er hatte sie inspiriert wie eine Landschaft, ein Buch oder ein Traum. Sie hatten sich gegenseitig das Beste ihrer selbst geschenkt. Ishida, der Mörder, und Claire, die Einsiedlerin, hatten es verstanden, eine Partitur zu formen, sich eine Ruhepause in ihren eigenartigen Leben zu gönnen. Eine Tür öffnete sich und ließ sie zusammenzucken. Der junge Mann, der Blondinen sammelte, kam mit einer Schulmappe aus seiner Wohnung.

»Guten Tag. Alles in Ordnung?«, fragte er überrascht.

Claire hatte ihn noch nie aus der Nähe gesehen. Er wirkte zerknautscht wie ein Kind, das noch nicht richtig wach ist. Noch jemand, dachte sie, von dessen Leben sie träumen konnte.

»Wissen Sie, was heute Nacht passiert ist ...«, sagte sie.

»Ja. Es ist schrecklich. Es gibt sehr viel sanftere Arten zu sterben«, fügte er hinzu und ging die Treppe hinunter.

Da es sich lohnt, alles, was nicht alltäglich ist, aufzubewahren, prägte Claire sich dieses »es gibt sehr viel sanftere Arten zu sterben« ein, um es in ihre Liste oder das Heft mit Zitaten zu schreiben und vielleicht eine neue Kategorie dafür zu erfinden.

Den Kopf an der Wand, döste sie vor sich hin und rückte dann zur Seite, um eine junge Frau vorbeizulassen, die die Treppe heraufkam. Sie bemerkte, dass sie bei Madame Courtois läutete. Es ist sehr früh für einen Besuch, dachte sie und beschloss, ihr zu folgen. Dieselbe junge Frau öffnete ihr ein paar Augenblicke später lächelnd.

»Ist Madame Courtois da?«, fragte Claire verblüfft.

Die junge Frau war schwarz und Madame Courtois eine notorische Rassistin.

»Kommen Sie herein!«, erwiderte sie.

Ein köstlicher Geruch von frischem Kaffee segnete jeden, der diese Wohnung betrat, in der sich die Dinge verändert hatten, wie sie, wenn auch kaum wahrnehmbar, spürte.

Madame Courtois kam im Nachthemd aus der Küche, zitternd vor Aufregung.

»Ah, Claire! Es ist ein großes Unglück! Ein großes Unglück!« Sie blieb ein paar Zentimeter vor ihrer Nachbarin stehen, denn in der Welt von Claire und Madame Courtois fiel man sich nicht einfach so in die Arme.

»Was ist passiert?«, fragte Claire, die von der jungen Frau bereits eine Tasse brühend heißen Kaffee bekommen hatte.

»Na ja, ich weiß nicht. Ich habe Lärm im Hof gehört und dann entdeckt, dass …«

»Vorher haben Sie nichts bemerkt? Es ist niemand bei ihm gewesen?«

»Ich glaube nicht. Ich schlafe sehr schlecht, ich denke, etwas Ungewöhnliches hätte ich gehört …«

»Seit wann war er zurück?«, unterbrach Claire sie.

»Er ist am Tag nach Ihrer Abreise zurückgekommen. Er hat mich um den Schlüsselbund gebeten. Ich habe ihm gesagt, dass Sie ihn behalten hätten.«

»Hat er Sie gefragt, wo ich bin?«

»Nein, ich glaube nicht.« Madame Courtois verzog ihr Gesicht zu dieser leidenden und affenähnlichen Grimasse, die sie immer annahm, wenn ihr Gedächtnis sie im Stich ließ.

»Was hat er in dieser ganzen Zeit gemacht?«, fragte Claire.

»Nichts Besonderes. Er ging morgens aus dem Haus und kam abends zurück. Ab und zu habe ich Musik gehört.«

»Hat er Besuch bekommen?«

»Ich war nicht immer da. Ich glaube nicht.«

Verzweiflung breitete sich auf dem mottenzerfressenen Gesicht von Madame Courtois aus, die man nicht mehr ernst nehmen konnte, seit ihre Erinnerungen verrückt spielten.

»Und ihn, haben Sie ihn gesehen?«, fragte Claire und deutete mit dem Kinn auf Rossettis Fenster.

»Ja, ja«, sagte Madame Courtois mit neuer Energie, denn daran konnte sie sich gut erinnern. »Ich trank gerade Tee mit Fatou, direkt am Fenster, und wir haben gesehen, wie er auf den Balkon trat. Wann war das gleich, Fatou? Montag, Dienstag, egal. Er hat mir zugewinkt, stellen Sie sich vor, als hätten wir zusammen Schweine gehütet… Schafe? Ich weiß nicht mehr. Kurz, ich habe nicht reagiert. Danach hat er eine Weile zu Monsieur Ishida hinübergeblickt. Ich weiß nicht, ob er da war. Jedenfalls war er nicht sehr diskret. Fatou, meine Liebe, könnten Sie uns noch etwas Kaffee bringen, das wäre lieb«, sagte Madame Courtois honigsüß.

»Wer ist sie?«, fragte Claire leise, als die junge Frau verschwunden war.

»Meine Lebenshilfe«, erwiderte Madame Courtois kokett.

»Ihre was?« Claire war nicht sicher, ob sie richtig gehört hatte.

»Meine Lebenshilfe. Ich bin ins Rathaus gegangen, um eine Hilfe zu beantragen, und da haben sie mir Fatou angeboten. Sie ist ein Schatz.«

Madame Courtois war im siebten Himmel. Claire dachte, dass die Zeiten sich manchmal zum Guten änderten. Sie warteten schweigend auf ihren Kaffee. Dann sagte sie:

»Ich bin sehr traurig, Madame Courtois. Ich kriege es einfach nicht in meinem Kopf, dass Monsieur Ishida tot ist. Wissen Sie, es ist, wie wenn einem ein Fuß amputiert wird und er einem noch immer weh tut, obwohl man ihn nicht mehr hat. Monsieur Ishida hat mein Leben sehr stark geprägt.«

Madame Courtois hustete, so wie man im Konzert hustet, um bei tragischen Passagen seine Ergriffenheit zu verbergen.

»Schön«, sagte Claire seufzend. »Und was gibt es sonst Neues im Haus?«

»Ein junges Pärchen mit Baby ist im vierten Stock eingezogen.«

»Laut?«, fragte Claire.

»Ich habe das Wichtigste vergessen«, unterbrach sie

Madame Courtois ganz aufgeregt. »Monsieur Lebovitz ist ausgezogen!« Die Nachricht hatte auf Claire die Wirkung eines Schlags in die Leber, eines plötzlichen Anfalls von Müdigkeit, einer Welle der Verzweiflung. »Er ist auf der Treppe gestürzt«, fuhr ihre Nachbarin fort. »Nichts Schlimmes, eine Verstauchung, glaube ich. Seine Tochter ist am übernächsten Tag aus Tel Aviv gekommen. Sie hat einen Immobilienmakler und einen Spediteur bestellt. Innerhalb einer Woche war alles geregelt. Sie hat ihr Fett zum Wabbeln gebracht, das kann ich Ihnen sagen. Letzten Montag sind sie abgeflogen. Sie hat ihm nicht einmal die Zeit gelassen, sich zu verabschieden.«

Claire fragte sich, ob er ihre Postkarte bekommen hatte. Ich werde ihn nicht mehr wiedersehen, dachte sie benommen, betrübt und dermaßen müde, dass die Gesichter von Ishida und Lebovitz sich überlagerten.

»Haben Sie Louise wiedergesehen?«

»Sie hat ihre Sachen abgeholt, ich weiß nicht mehr, wann. Die Kleine stand am Fenster, sie hat mitangesehen, wie die Kartons im Hof gestapelt wurden. Ihre Mutter ist nur gekommen, um den Möbelpackern Anweisungen zu geben, und gleich wieder gegangen.«

Claire ließ sich so weit zusammensinken, wie es auf Madame Courtois' unechtem Louis-XV-Sofa möglich war. Ihr Körper war so ausgepumpt wie der eines Marathonläufers kurz vor dem Ziel. Sie konnte sich nicht mehr bewegen, als würde die geringste Bewegung eine weitere Katastrophe auslösen. Madame Courtois und Fatou ließen sie allein. Sie betrachtete durch das Fenster die Bühne ihres Lebens. Die grellroten Geranien im zweiten Stock waren seit ihrer Abreise ziemlich gewachsen, die linke Mansardenwohnung hatte hübsche weiße Rollläden, und die Stimme der Concierge prallte von den Fassaden ab, auf der Suche nach ihrer Katze.

»Ich gehe«, rief Claire und erhob sich mühsam.

»Auf Wiedersehen!«, antworteten die beiden Frauen im Chor und, wie es Claire vorkam, singend aus dem Schlafzimmer.

Sie ging in ihre Wohnung hinauf, schloss die Vorhänge und legte sich ins Bett, ohne sich auszuziehen. So lag sie lange da, mit geöffneten Augen, und ließ ihren Blick von der Decke über die Wände ihres Schlafzimmers wandern. Der Anblick ihrer vertrauten Besitztümer, ihre Bücher und die Stille beruhigten sie allmählich. Sie schlief bis zum Abend und wachte mit einer fixen Idee auf: Rossetti.

Für Müßiggänger ist Handeln ein starkes Aufputschmittel, das der Welt wie eine Droge eine perfekte, erheiternde und unwiderstehliche Kohärenz verleiht. Wenn es selten vorkommt, ist das Handeln auch ein Medikament gegen die Tyrannei der Realität, ein Zaubertrank oder Popeyes Spinat. Claire sprang aus dem Bett und stellte überrascht fest, dass es dunkel war. Sie zog sich an, rief Dietrich an, ließ sich zum Übernachten einladen, »vorher muss ich aber noch was erledigen«, und ging zu Antoine hinunter.

Lucie öffnete die Tür. Ein widerwärtiger Geruch nach

geschmolzenem Gruyère, der Claire bereits an der Tür überfiel, war die eindeutige Bestätigung, dass Louise endgültig gegangen war. Sie gab Lucie in der Diele die Tüte mit den Anziehsachen für die Puppe. Lucie lachte wie eines dieser Spielzeuge von früher, die man aufziehen konnte, und verschwand, während sie den Inhalt der Tüte inspizierte.

»Es ist Claire!«, rief sie.

Antoine kam aus der Küche mit einer roten, etwas schmutzigen Schürze, auf der in großen Buchstaben stand: »Ich bin ein Chef! Probieren Sie mich!« Er erzählte Claire von Louises Blitzauszug.

»Sie hat nichts mitgenommen außer ihrer Kleidung und dem Schmuck. Als hätte sie Angst, dass die Dinge von hier ihr neues Leben verseuchen könnten. Aus Aberglauben vielleicht. Lucie macht keinen verstörten Eindruck.«

Von wegen, dachte Claire. Sie hütete sich, diesem naiven Mann zu sagen, dass seine Tochter an dem Tag, an dem sie erlebt hatte, wie ihre Mutter mit ihren Kartons voller parfümiertem Musselin ausgezogen war, unwiderruflich gestorben war. Wie sollte sie diesem Typen begreiflich machen, dass Lucie für immer Louise war, aber dass Louise nichts von Lucie hatte.

»Ich werde vielleicht ausziehen«, sagte Claire, für die diese Nachricht ebenso neu war wie für Antoine. »Hier sind zu viele Dinge passiert«, fügte sie hinzu.

»Sie haben diesen Mann sehr geliebt«, sagte Antoine und blickte aus dem Fenster.

Claire stand auf. Sie, war nicht gekommen, um Antoine ihr Leben zu erzählen, und sie ärgerte sich über ihn, weil er ein so leichtes Opfer der Frauen war. Sie gab ihm nicht mehr als zwei Monate, um eine neue Frau zu finden. Von Lucie verabschiedete sie sich nicht, warum auch immer, aber sie bat Antoine an der Tür um die neue Telefonnummer von Louise. Er wirkte verstimmt, weil er geglaubt hatte, sie stünde auf seiner Seite.

»Ich habe noch eine offene Rechnung mit ihr«, sagte sie, während sie die Adresse auf die Seite eines Notizblocks schrieb.

Ein Aufkleber an der Wohnungstür erinnerte Antoine daran, dass er Lucie im Freizeitzentrum anmelden und einen Termin beim Zahnarzt machen musste. Claire stürmte die Treppe hinab, als würde sie von einem Ungeheuer verfolgt. Antoines Wohnung, seine idiotische Schürze, die Worte an der Tür hatten ihr alle Luft genommen. Im Straßenlärm dachte sie, deutlich eingeblendet vor einem verschwommenen Hintergrund, an Dietrichs Bett, an das *Stabat Mater* von Pergolesi und an den Moschusduft der Haut dieses Mannes, als sei dies ein extrem kostbares persönliches Eldorado, das sie dringend erreichen musste.

Wie Claire befürchtet hatte, meldete sich Louise. Die Flughafenstimme dieser unrechtmäßigen Delphine Seyrig ließ ihr das Blut in den Kopf schießen. Sie umklammerte ihr Telefon, um nicht vor Hass zu schwanken.

»Gib ihn mir«, sagte Claire eisig. Sie hörte das Rascheln von Musselin, als sei Louise ein Baum mit leichten Blättern. Dann hörte sie Geflüster.

»Hallo«, sagte Rossetti.

»Ich muss Sie sofort sehen«, sagte Claire.

Sie verabredeten sich in einer Stunde auf der Place des Vosges. Ahnten Rossetti und Claire, dass ihr Treffen über die dominierende Farbe des künftigen Lebens der jungen Frau entscheiden würde? Verwirrt stellte sie sich auf dem Weg dorthin eine Geschichte abwegiger Zusammenhänge vor. Das Leiden musste sich ausbreiten, geteilt werden, um erträglich zu sein. »Wenn die Ampel bei fünf auf Grün schaltet, dann hat er ihn aus dem Fenster gestürzt«, dachte Claire, während sie darauf wartete, die Straße überqueren zu können. Die Luft roch herbstlich und nach den Empfindungen vom Vorjahr, die man wie die Winterkleidung aus ihren Schutzhüllen holt.

Der Garten der Place des Vosges war klein. Er war von jeder Stelle vollständig einsehbar. Umgeben von rotem Backstein, von perfekter Symmetrie, war er ein idealer Ort, um sich vor unangenehmen Begegnungen zu schützen. Auf einer Nachbarbank unter den Bäumen las eine junge Frau in gestreiften Leggings ein knallrotes Buch mit dem Titel *Poker in zehn Lektionen*. Neben ihr schlief ein Kind mit schokoladeverschmiertem Gesicht. Weiter entfernt übte ein Jongleur. Das dümmste Spiel der Welt, dachte Claire, die in diesem Spätsommer eine bedeutend akrobatischere Partie spielte. Wie die beiden Amerikaner neben dem Sandkasten drehte sie ihren Stadtplan in alle Richtungen, um dieses so ersehnte »Sie sind hier« zu finden. Sie erinnerte sich, dass Jean-Baptiste Gärten hasste. Wenn sie von ihren Eltern zurückgekommen war, hatte er immer gesagt, sie würde nach Provinz riechen. Die Erinnerung an diesen Mann trieb ihr die Tränen in die Augen. Stirb nie, dachte sie, am Boden zerstört von ihrer Ohnmacht, ihren unmöglichen Wünschen, ihren halb erfundenen Erinnerungen.

Rossettis Gestalt in der Ferne ließ sie vor Unruhe erzittern. Dieser Typ schleppte den Tod mit sich herum wie ein Ganove. Er erkannte sie sofort. Er hatte lange kräftige Beine und blickte sich um, während er sich näherte, eine Berufskrankheit vermutlich. Sie erinnerte sich, dass der andere Rossetti, der englische Maler des 19. Jahrhunderts, in völliger Umnachtung als paranoider Einsiedler gestorben war. Die Frauen, die er gemalt hatte, hatten keine Ähnlichkeit mit Louise. Sie waren kräftig, hatten langes rotes Haar, wulstige Lippen und auseinanderstehende Augen. Sie wirkten leicht männlich. Louise in den Armen Rossettis, des Diebs, war eine leichte und glatte Feder.

Er setzte sich neben Claire, ohne sie anzusehen, massig und schwer atmend. Einen Augenblick saßen sie einfach nur da. Von dem Mann ging eine fast unerträgliche Präsenz aus, eine erschreckende Mischung würziger, scharfer, wilder Gerüche. Sie sah Louise ohnmächtig in den Armen dieses Mannes, dem sie aus Versehen begegnet war und den sie zum letzten Mal sah.

»Wie geht es Louise?«, fragte Claire, während sie eine Mücke zu erwischen versuchte.

»Es geht ihr gut«, erwiderte er, noch immer nicht bereit, sie anzusehen.

»Passen Sie auf sie auf. Sie ist ein Luxusweibchen. Eine Unbefriedigte. Sie wird von Ihnen verlangen, alles zu tun, um zu verhindern, dass sie alt wird. Sie wird Sie wahnsinnig machen. Und Sie werden sie ohrfeigen wie alle Männer vor Ihnen, und Sie werden sie weiter ohrfeigen und so weiter. Danach wird sie sich im Spiegel betrachten, und sich furchtbar lebendig vorkommen. Finden Sie das nicht ergreifend?«, fragte Claire voller Hass auf die Frau, die ihr einziges Kind im Stich gelassen hatte, Lucie, die sie liebte.

»Louise mag Sie«, erwiderte Rossetti.

»Ishida ist tot.« Claire drehte den Kopf weg, so wie damals, als sie als Kind beim samstagvormittäglichen Schwimmunterricht in das eiskalte Wasser des tiefen Beckens springen sollte.

»Ich weiß«, sagte Rossetti seufzend. »Und das ist das Beste, was Ihnen passieren konnte. Ishida war ein Dreckskerl. Er hat vor zehn Jahren meine Frau getötet. Sie wollte mir helfen, ohne mir etwas zu sagen. Sie wusste Bescheid über meine … meine Aktivitäten. Sie war eine wunderschöne und sehr mutige Frau. Es war nicht nötig, dass er sein Magazin leer schoss auf sie, auf ihr Gesicht.«

Claire brauchte ein paar Sekunden, um das zu verdauen.

»Als ich gestern Abend nach Hause kam, habe ich

meine Vorhänge nicht geöffnet. Ich wollte nicht wissen, ob er zurückgekommen war. Oder ich wollte ihm vielleicht sagen, dass es vorbei sei. Aber was sollte vorbei sein, wo doch gar nichts angefangen hat? Wissen Sie, wann man sagen kann, dass etwas zwischen zwei Menschen angefangen hat?« Claire begann zu trudeln, und sie wusste es. Trotzdem fuhr sie fort: »Muss man sich dafür berühren? Reicht es, dass die Person existiert und man sie in Besitz nimmt, ohne auch nur mit ihr sprechen zu müssen?« Die Worte glitten aus ihrem Mund in das rechte Ohr des Mannes wie im Beichtstuhl, das Gesicht am Gitter. Sie blickte sich um und fuhr fort: »Man kann zwischen einem Mann und der Erinnerung an einen anderen wählen. Ich habe es oft getan. Und ich habe genug davon. Das wird Sie freuen, da Sie ja auf die Erfahrung schwören. Ich werde versuchen, normal zu leben. Vielleicht lohnt es sich ja. Warum haben Sie ihn nicht getötet?«

Rossetti zündete sich eine Zigarette an und machte einen langen Zug. Claire zeichnete mechanisch Kreise mit ihrem Fuß. Rossetti bemerkte, dass sie abgetragene Schuhe trug.

»Er ist zurückgekehrt, nachdem Sie weggefahren waren. Jeden Abend trank er seinen Tee vor meiner Nase. Er wartete auf mich. Ich dachte, ich verfolge ihn, dabei war es umgekehrt. Von Anfang an hat er darauf gewartet, dass ich ihn töte, immer wieder hat er es so eingerichtet, dass ich ihn wiederfinde. Als er begriffen hat, dass ich ihn nicht weiter verfolgte, hat er sich selbst umgebracht. Ihre Vorhanggeschichte …« Er spürte, dass Claire sich verspannte, und fuhr fort, seine Worte abwägend: »Wissen Sie, man bringt sich niemals nur aus einem Grund um.« Er sah sie mit ungewohnter Freundlichkeit an und sagte: »Wir haben eines gemeinsam, Sie und ich. Wir vertrauen niemandem. Das ist unsere Stärke und unsere Schwäche. Viel Glück.«

Er verschwand sehr schnell und ohne sich umzublicken, als hätte sie nie existiert.

Claire blieb lange auf ihrer Bank sitzen. Leute gingen vorbei, die sie ansah, die sie ansahen, aus dem Blick, aus dem Sinn. Der Jongleur packte seine Kegel ein und ging, der Sandkasten leerte sich, und die Luft wurde plötzlich kühl. Claire stand auf, völlig gerädert, dachte daran, ebenfalls zu sterben, und ging dann zur Bastille, wo sie mit ihrem letzten Ticket in die Metro stieg.

An diesem Abend wusste Dietrich, dass er um einen hohen Einsatz spielte, dass er das Wild nicht erschrecken durfte, und er beschloss, sich ganz natürlich zu benehmen.